2

叛逆のヴァロウ

Vallow of Rebellion

上級貴族に謀殺された軍師は魔王の副官に転生し、復讐を誓う

Written by Noheno Masayuki

延野正行

画 村カルキ

INDEX

Jyokyukizoku ni Bousatsu Sareta Gunshi ha Maou no Fukukan ni Tensei shi, Fukushu wo Chikau

Writtern by Nobeno Masayuki

Illustration by MuraKaruki

allow of Rebellion

それはヴァロウ・ゴズ・ヒューネルが最強の軍師と呼ばれ、私がまだ師匠の弟子だった頃の話だ。

私が生まれたシュットガレン家は、代々優秀な竜騎士を輩出してきた。

竜騎士とは読んで字の如く、飛竜を操る騎士のことである。そして飛竜は様々な魔族の特性を掛け合わせた合成生物だ。そのおかげで人類は魔族から制空権を奪うことに成功したが、飛竜の育成は難しく、『竜士』という職業が長年かけてやっと懐くほどであった。

そしてシュットガレン家の長女である私には、その才覚があったらしい。

幼い頃に私の才能を見抜いた父は、戦場に行く合間を縫って、子供に英才教育を施した。年の離れた兄が戦死してからは、武芸も教え込むようになり、父の教育はより苛烈になっていった。

飛竜と戯れるのは好きだ。彼らが成長していくのを見守るのは、何よりの楽しみだったが、武芸だけはどうしても好きにはなれなかった。自分が戦場に出て、誰かを殺すなんて想像できなかったのだ。

けれども、私にはそっちの方の才覚もあったらしい。

十三歳になった時、私は父の知り合いの推薦で、軍の戦術研究所に入ることになった。

優秀な参謀や指揮官を育てる新設の組織らしい。

私はまだ真新しい建物の中で、重い荷物を抱えながらぽつんと立っていると、廊下の奥から重そうな勲章をぶら下げた若い将校がやってきた。

「ルミルラ・アノゥ・シュットガレンだな」

「は、はい……」

思わず私は父から習った軍隊式の敬礼をする。恐る恐る若い将校と目を合わせた。

黒髪と対照的な白い肌。凍てつくような冷たい容貌。この時まだ魔族というものを見たことがなかった私にとって、今まさに目の前にいる将校こそ魔族ではないかと思う程、恐ろしい空気を発していた。

だが、目は綺麗だった。

ヘーゼルの虹彩は鋭利な刃のようであるのに、どこか温かみがある。不思議な色だった。

「付いてこい。こっちだ」

踵を返そうとした将校の軍服を、私は反射的に掴むと、質問が口を衝いて出ていた。

「何故、私が選ばれたのでしょうか？　私はまだ子供です。そして女です」

「能力に問題ないと判断したまでだ。あと先に言っておくが、お父上の威光ではない。俺が必要と感じたから喚んだ。君はこの戦術研究所の最年少ということになるが、優秀な――」

「なら尚更です！　私に前線の指揮官が務まるとは思えません。誰かを殺すなんて……」

「相手は魔族だ」

「将校殿は経歴を調べた上で私を喚びだしたと思いますが、それならば私が優秀な竜士であることもご存じなのでしょうか？」

「無論だ」

「飛竜は、元は魔族の肉体を掛け合わせて作られました。飛竜は魔族なのです。可愛いあの子たちの同族を討つなんて私には考えられません」

ついに将校は押し黙る。しかし十三歳の娘に激しく反論されても、慌てている様子はなかった。

ただ冷静に思考を回し、考えに耽る。ほんの少しの間を取った後、落ち着いた口調でこう答えた。

「ならば、殺さず相手を制する戦い方を身に着ければいい」

「そ、そんなことができるわけがない！」

「できるかできないかは、ここで励み、そして結果を示せ。ここは戦場ではない。表向きは優秀な参謀と指揮官を育てる組織だが、俺の趣味みたいなものだしな」

「しゅ、趣味……!?」

「ここは過去を調べ、今を理解し、未来を話す場にしようと考えている」

「未来を、話す……」

「そうだ。いつか武器を使った戦いが無意味な時代がやってくる。その時、存分にお前が目指す戦い方を皆に披露すればいい。君には豊かな才能がある。このヴァロウ・ゴズ・ヒューネルを一瞬でも黙らせたのだからな」

将校は身をかがめると、ポンと私の頭を撫でた。

その時に鼻腔を衝いたおいしそうな紅茶の匂いを、私は今でも覚えている。

これがヴァロウ・ゴズ・ヒューネルと私の初めての出会いであった。

師匠との思い出は様々だ。

そして私には、初対面以外のことでいつも真っ先に思い出す記憶がある。

それは兄弟子たちと研究所の庭で軍儀をしていた時だ。

軍儀とは駒を兵に見立てた、戦争を模した仮想戦術訓練で、これも師匠が考案した。

訓練であれど、人が死なない戦場には遊戯のような面白さがあった。だから、私も含めて兄弟子は軍儀にはまり、訓練以外の時間でも暇さえあれば、卓を囲んで遊んでいたものである。

「ああ！　また引き分けだ！」

卓の向こうの兄弟子が、頭を抱える。他の兄弟子たちもうんざりした様子で両手を広げた。

「これで十戦やって十引き分けだぞ、ルミルラ。お前、もっと真面目にやったらどうだ？」

この時の私は勝負を度外視して、守勢に回り、敵味方の生存を最優先にする戦術を試すことに夢中になっていた。仮想の盤面で、どうにか相手を殺さず、味方を生かす戦術を考えられないか、思案していたのである。

兄弟子たちが騒いでいると、そこに師匠がやってきた。

「ルミルラ、何故引き分けにする？」

鋭い視線が私を射貫く。師が怒っていることを敏感に察した私は、慌てて一枚の駒を取り上げた。

「こんなに綺麗な駒を捨てるわけにはいかないので」

喩え駒であろうと、現実の戦場においてこれは命だ。

故に遊戯であっても、私には捨てられなかった。

すると、師匠もまた一枚の駒を拾い上げる。それを地面に落とし、軍靴で踏みつけた。何度も踏む内に、駒は庭の地面にめり込む。それを拾い上げ、師はまた盤面に戻した。

当然、駒はボロボロだ。砂と軍靴の靴墨にまみれていた。

「汚れた駒であるならば、お前は躊躇いなく駒を捨てることができるのだな？」

その汚れた駒を、師匠は何と見立てたのか、今も私には答えとともにわかっていない。

敵中に潜入した間諜か。それとも裏切り者か。あるいはその時のリントリッド王国でまことしやかに囁かれる――上級貴族の存在を指したものなのか。ついぞわからなかった。

何故なら、次の日――師ヴァロウ・ゴズ・ヒューネルはメトラ王女殺害の罪で衛兵に捕まり、獄に入れられ、その十日後には、私の目の前で炎に巻かれることとなる。

師を助けることができなかった無念。

師の最後の問いかけに対する答え。

それを胸に、ついに十五年の月日が経とうとしていた。

Vallow of Rebellion

Jyokyukizoku ni Bousatsu Sareta Gunshi ha Maou no Fukukan ni Tensei shi, Fukushu wo Chikau

ルロイゼン城塞都市は、ここしばらく穏やかな日々が続いていた。

最前線は遠く彼方。テーランを中心に起こった内乱も、今のところ影響はない。

重税を課す悪徳領主も二ヶ月ほど前に排除され、船を使った交易によって経済活動も再開された。

市中は賑わい、絶望の淵に立たされた領民たちの顔に笑顔が戻りつつあった。

普通に暮らせるという幸せを噛みしめていた民だったが、いよいよ戦火の足音を聞くことになる。

かつてルロイゼン城塞都市は人が治める都市だった。だが、今は違う。

難攻不落のルロイゼンをたった三人の魔族と、二百匹のスライムを以て占拠し、テーランの重戦士部隊、さらには勇者ステバノスを退けた魔王の副官が治めていた。

そしてついに、その真の領主が魔王城ドライゼルから帰還したのだ。

「おかえり、ヴァロウ！」

弾けるような笑顔と共に迎えたのは、ルロイゼン城塞都市の元領主の娘エスカリナだった。

人魚たちの出迎えの唄を聞いて、走ってきた彼女はヴァロウに抱きつく。

再会を喜ぶ習慣とわかっていても、ヴァロウの秘書メトラは眉を動かさずにはいられなかった。

習慣とはいえ、ちょっと行き過ぎのような気がしたからだ。

「メトラさんもおかえり！」

エスカリナは、ヴァロウと同じようにメトラにも抱きつく。

メトラの頬がポッと赤く染まった。一瞬、呆然とするも、すぐに意識を回復させる。

「ちょ、ちょっと！　あなたね！　淑女たるもの、もう少し貞節をもって……」

「淑女？　貞節？　ヴァロウもそうだけど、時々あなたたちって、人間っぽいことを言うよね」

エスカリナは身体をくの字にして笑う。それを見て、メトラはむっと頬を膨らませた。

「ザガスもお疲れ様」

ヴァロウの背後にいた二本角の人鬼族に声をかける。

エスカリナは腕を広げて労おうとするが、その前にザガスの大きな腕に阻まれた。

「馴れ馴れしくするな、人間……。食っちまうぞ」

さすがのエスカリナも魅力では勝っていても、力では負けてしまう。

肩を竦めて、握手でもするようにザガスの腕に手を置いた。

「相変わらずね、ザガスは……。まあ、元気そうだからいいけど」

「何か変わったことはないか？」

早速とばかりにヴァロウは質問する。海岸からルロイゼン城塞都市へと歩き始めた。

「もう……。世間話ぐらいさせてよ、ヴァロウ。まあ、あなたらしいけどね。とりあえず、急を要することは何もないわ。あなたの大好きな紅茶でも飲みながら、じっくり土産話を聞かせて」

「まったく……。ヴァロウの紅茶好きは筋金入りね。ちょっと引き合いに出すだけで、態度をコロっと変えるんだから」

「……ああ、そうだな」

「船の中では紅茶が飲めないからですよ」

「なるほど。そういうことか……」

メトラの言葉に、エスカリナはポンと手を打つのであった。

✣

久しぶりのルロイゼン城塞都市は活気づいていた。

ヴァロウが魔族としてこの都市を占拠した頃とはまるで違う。

民衆の顔に、人間としての輝きが戻っていた。

ヴァロウが提案した船による交易も順調のようだ。ペイベロが積極的に船で海に出て、物資を運んでくるらしい。おかげで城塞内の市場は盛況だった。これまで聞けなかった威勢のいい売り子の声が、市場から離れた教会の二階にまで聞こえてくる。

特にヴァロウの目についたのは、城塞都市内のインフラだ。所々穴が開いていた三段城壁や、割れた石畳などが綺麗に整備されている。雑草が生え、浮いた石畳のせいで馬車も満足に通れなかった大通りも舗装(ほそう)され、ボロボロだった頃の城塞都市の面影(おもかげ)はすっかりなくなっていた。

「すごい変わりようですね……」

メトラが素直に感心していると、ゴブリンたちが走り寄ってくる。

ヴァロウに挨拶するのかと思ったが、用事があったのはエスカリナの方らしい。
二、三会話を交わすと、ゴブリンは頷き、またどこかへ行ってしまった。
「ゴブリンともうまくやっているようだな」

「え？　ええ……。まあね。最初はおっかなびっくりだったけど、話してみると結構物わかりがよくて、いい子たちよ。素直じゃない軍師様と違って、よっぽど扱いやすいわ」

「エスカリナ……。たとえ冗談であっても、ヴァロウ様に対する暴言は許しませんよ」

「誰もヴァロウのことだと言ってないわよ、メトラさん」

「うっ……」

メトラが喉を詰まらせると、横でエスカリナが悪戯に成功した子供のように笑った。

「うふふふ……。でも、助かったわ。彼らのおかげよ。ここまで復興できたのは……」

「どういうこと？」

「彼らが城壁や道路、下水を修理してくれたおかげで、民も元気になり始めたのよ。ほら、身体が元気でも、環境が悪いと気分が落ち込むじゃない。けれど、今は違うの。都市が蘇ったことによって、人もまた蘇ったのよ」

「そうか……」

ヴァロウは目を伏せる。

実はこの効果もまた、ヴァロウの手の平の上であった。ルロイゼンから離れる前に、あらかじめ城塞都市の整備をゴブリンに命じていたのである。

ヴァロウの命令は寂れきった都市の住人には効果覿面だったらしい。人間というのは、気分一つで変わる生き物だ。たとえお腹いっぱいになるまで毎日ご飯を食うことができても、身体に異常はなくても、環境によって日々の活力が違ってくる。特に作業効率の面で、雲泥の差が出てくるのだ。

今、数が望めない状況では、質に頼るしかない。居住環境の充実は必須事項であり、そういう観点からも、手先が器用なゴブリンに、都市の環境整備を任せたことは正解だった。

そんなゴブリンたちを見て、人間たちも積極的にコミュニケーションを図ろうとしていた。過剰に恐れたり、敵意を剥き出すことはなく、普通に挨拶をしたり、整備について要望を出したりしている。

おそらくそうした姿勢は、領主代行であったエスカリナの影響も大きいのだろう。

エスカリナが率先して、ゴブリンたちと言葉を交わしたことによって、周りにいる人間たちも魔獣や魔族に心を開くようになったのだ。

人類と魔族の融和(ゆうわ)を一つの目標と掲げているヴァロウにとって、ルロイゼン城塞都市は魅力的なモデルケースになろうとしていた。

久方ぶりにルロイゼンにある書斎に戻ると、ヴァロウはやや埃っぽい椅子に腰掛けた。

本や書類に囲まれている光景は、魔王城にある私室とそう大差はないが、常備されている茶葉の味はひと味もふた味も違う。ヴァロウから言わせると、魔族領土で取れる茶葉の味は、人類で手に入るそれと比べると味が足りていない。一度、水と肥料のやり方を同じにし、魔族領土内で育ててみたことがあったが、それでも味が同じになることはなかった。どうやら土の質に違いがあるらしい。

故に魔王城に戻る際には、ルロイゼンから茶葉を持ち出したのだが、滞在期間半ばで使い切ってしまった。

久方ぶりの茶葉の味に、ヴァロウは眉宇(びう)を動かす。鉄面皮(てつめんぴ)が大げさに動くことはなかったが、横で見ていたメトラには、上司が喜んでいるように見えた。

ヴァロウの書斎に集められたのは、メトラ、ザガス、エスカリナ、ペイベロ、そして兵士長だった。

「まず単刀直入に聞こう……。北で行われている反乱はどうなった？」

ヴァロウは切り出すと、やや重たい空気を舌先に乗せて、エスカリナは口を開いた。

「反乱は鎮圧されたそうよ。死者七千人。死傷者を含めると、その倍の数になるわ。そのほとんどが反乱軍だそうよ」

「そうか……」

ヴァロウは一度瞼を閉じ、静かに黙祷を捧げた。

ゴドーゼンとテーランで起こった反乱を誘発したのは、ヴァロウの策略によるものだ。

だが、それは大要塞同盟を切り崩すため、どうしても必要な犠牲だった。二ヶ月前、ヴァロウの手元には、ザガスとメトラ、そして魔獣しかいなかった。仮にヴァロウが何もせずにいれば、大要塞同盟は真っ先にルロイゼン奪還に動いたはずである。いくらヴァロウがかつて最強と謳われた人類側の軍師ヴァロウ・ゴズ・ヒューネルだとしても、今の戦力で万単位の敵から勝利することは難しい。

ルロイゼンが再び人類のものとなれば、魔族に荷担した領民たちは必ず粛正されるだろう。そして二度と領民たちに笑顔が戻ることはなかったはずである。

その瞼が持ち上がるのを待って、エスカリナは言葉を続ける。

「あなたは最初、わたしたちに言ったわね。『卑怯だとののしられるような戦法も、俺は躊躇なく使うだろう』って。それが今回のことを指しているなら、わたしはあなたに軽蔑を禁じ得ない」

「ああ……」

「でも、わたしは『覚悟している』と返したわ。だから、今さら話が違うと言って、あなたの胸ぐらを掴むことはしない。でも、教えて。あなたはこの空白の時間が必要だと言って、一度魔族本国に戻った。それで一体何を手に入れたのかしら？」

ヴァロウが何故ドライゼル城に戻ったかは、エスカリナにも秘密にしていた。

具体的なことを言って期待をさせるわけにはいかなかったからである。

特に誇らしげな表情を浮かべるわけでもなく、ヴァロウはただ淡々と結果を告げた。

「二〇〇〇の援軍を、魔王様から借り受けた」

「二〇〇〇……」

エスカリナ、さらにはペイベロやルロイゼンの兵士長たちの反応は、どうも微妙だ。

確かに三人しかいない魔族よりも、二〇〇〇という数字はかなり魅力的に映る。だが反乱軍七〇〇〇の犠牲の代償が、たった二〇〇〇の兵というなら話は別だ。少々落胆を禁じ得なかった。

「案ずるな」

「え？」

「二〇〇〇の援軍といっても、魔獣を引き連れてきたわけでも、田舎から兵をかき集めてきたわけでもない。第四師団――魔狼族（ワーグ）から構成される魔族軍の正規兵だ」

「魔族軍の正規兵!!」

「しかも、その第四師団を率いるのは、俺と同じ魔王様の副官だ。名はベガラスク……」

「き、聞いたことがあります」

声を震わせたのは、エスカリナの側で話を聞いていた兵士長だった。

「銀血のベガラスク……。美しい銀毛の魔狼族（ワーグ）ですが、一度戦場に出れば銀毛が赤く染まるほど、人間を殺し尽くすという恐ろしい魔狼族（ワーグ）です……」

その言葉に、部屋にいた人間たちは全員ぞっとし、押し黙ってしまった。

だが次の瞬間、エスカリナは喜びを爆発させる。

「すごい!!　すごいわ、ヴァロウ！　魔王の副官を仲間にしちゃうなんて！」

「敵ならともかく、味方であればこれほど心強い援軍はおりますまい」

ペイペロもホッと胸を撫で下ろす。

「二〇〇〇の雑兵が来るならさすがに怒るけど、二〇〇〇の魔狼族（ワーグ）が来るなら話は別よ。しかも魔王の副官……。すごいわ、ヴァロウ。一体、どんな魔法を使ったのかしら……」

「別に……。俺はただ予定通りのことを成しただけだ」

ヴァロウはさも当然とばかりに、ティーカップの取っ手に指をかけ、紅茶を啜（すす）った。

すると、エスカリナはペイベロ、兵士長と順に目を合わせる。

何か示しを合わせると、三人はヴァロウの前で膝を折った。

「ヴァロウ、聞いてほしいの」

エスカリナはいつになく強い眼光をヴァロウに向ける。

「わたしたちは、人間には槍を向けないとあなたに誓ったわ。それを撤回させてほしいの」

「あなた方も戦うと言うのっ⁉」

　メトラの質問に、エスカリナは力強く頷く。

「反旗を翻したテーランとゴドーゼンの民衆に対して、大要塞同盟は何の温情も与えなかった。革命を首謀した者は、一族郎党皆殺しになったそうよ」

「そんな……！」

　人間だった時代、リントリッドの至宝とまで呼ばれたメトラが息を飲む。

　自分が王女だった頃、そこまで苛烈な刑罰を加えるような法律体系ではなかったからだ。十五年前――何者かに謀殺されて以降、政治も法律も権力者側に優位に作られるようになったとしか考えられなかった。

「大要塞同盟は反乱軍の声に一切耳を貸さなかったわ。それどころか自分たちの体面を保つために、民衆を抹殺した。もちろん、反乱軍に火を付けたのはわたしたちよ。でも、遅かれ早かれこういうことは起こっていたはず。なのに、大要塞同盟はただ反乱軍を叩きつぶすだけだった」

「つまり、あれか？　ビビって、こちらに付きたいってことか？」

　ザガスはケラケラと罵るも、エスカリナは表情を変えなかった。

「ザガスの言う通りよ。わたしたちは恐ろしくなったの。大要塞同盟――いえ、今自分たちを支配している体制のあり方に……。どんな理由があろうとも、君主が民の声に耳を傾けないのは最低よ。民あっての君主、そして国なのだから。そうでしょう、ヴァロウ」

　エスカリナの言葉に実感がこもっているのは、父親のことがあるからだ。

むろん、それはぬるま湯の生活に浸かっていた自分も同罪であると認めた上での発言だろう。

「だから、わたしは正式に大要塞同盟を離脱することを決めた。あなたたちと一緒に戦うためにね」

「それは民衆の総意か？　それともお前個人の考え方か？」

エスカリナの決意は固い。だが、彼女一人が思っていても仕方がない。

ヴァロウはエスカリナの横で膝を折るペイベロと兵士長にも、視線を向ける。

二人ともエスカリナと同じく力強く頷いた。

「安心して商売するには、今の世は少々窮屈すぎますからね」

「ルロイゼン城塞都市駐屯兵二〇〇名。どうかヴァロウ殿の軍の末席にお加えください」

エスカリナ、ペイベロ、そして兵士長が頭を下げる。

ヴァロウはしばし考えた後――――。

「……わかった。よろしく頼む」

「こちらこそ！　よろしく頼むわ、ヴァロウ」

ここにルロイゼン城塞都市は、正式に大要塞同盟の離脱を決め、魔族軍第六師団の一部として参戦することになったのである。

✣

大要塞同盟第二位の城塞都市ヴァルファル。

総人口二六〇〇〇〇人を誇る大都市で、その広さは、第一位の都市メッツァーよりも大きい。

牧畜――特に馬などの繁殖を主産業とし、前線に良質な軍馬を送っている。そのため広大な城塞都市にはいくつもの放牧地があり、都市とは名ばかりののんびりとした風景が広がっていた。

またここには兵の練兵場があり、若き新兵たちが日々汗を流している。ここで育った兵は、強いことはもちろん、忍耐強く、また礼儀正しいと、前線からの評判も高かった。

そのヴァルファルを統括するのが、領主ルミルラ・アノゥ・シュットガレンである。

もうすぐ三〇に手が届こうかという年齢のルミルラは、いまだ十代の少女のような容貌をしていた。艶(つや)のある黒髪を後ろに束ね、大きな黒目の輝きは領主という激務にあっても衰えることを知らない。背丈は低く、前髪を子どものように切りそろえているためか、彼女を知らない人間は必ずといって、「領主様のお子様ですか?」と尋ねるほどであった。

領主でありながら正装を好まず、馬などの世話をするために村人のような姿をして城下をうろつくことを好む。百歩譲って恰好は良いとしても、領主が度々館を抜けられては、いくらヴァルファルの治安がいいとはいえ、護衛たちも気が気でなかった。

そんな部下の気も知らず、ルミルラは今日も自身が管理している厩舎(きゅうしゃ)へと向かう。すでに陽は落ち、辺りは暗い。静かで時折、動物の鳴き声が遠くから聞こえるのみであった。

重い扉を開けて、ルミルラは中に入る。すると一対の赤い光が闇の中で蠢(うごめ)いた。

『があああああああああ!』

大きな吠声が厩舎に響き渡ると、ルミルラは反射的に耳を塞いだ。

「ごめんなさい、スライヤ。秘書がなかなか離してくれなくて」

ルミルラは薄暗い厩舎の中を歩いて行く。呪文を唱え指先に火を灯すと、近くにあった燭台に放った。ぼうと厩舎の中が橙色の光に包まれる。

大きな影が天井を覆い、長い首が現れた。飛竜だ。大きな翼、太い後ろ足と先についた鋭い爪。口は大きく、刃物のような鋭い牙が見える。長い首の根元に鎖がつながれ、やや煩わしそうに頭を振っていた。

飛竜は近づいてくるルミルラに抗議するように鼻息を荒くする。

「もう。謝ってるでしょ」

ルミルラはスライヤと名付けた飛竜の頭を撫でる。

スライヤはごろごろと喉を鳴らし、主人に甘えるような声を上げた。

飛竜とは、人間が特殊な品種改良で作った生体兵器である。

魔族との戦いにおいて、人類は空戦を強いられることになった。そのためにまず初めに行ったのが、魔族の肉体の研究だ。その過程において、様々な魔族の特徴を備えた生物を作ることが肝要であると考えた人類は、竜人族から強靭な肉体を、鳥人族からは翼を、人鬼族からは内臓器官を——という具合に合成生物を作ることを考えた。そして、ついに長年の研究が実を結び飛竜が完成したのである。

飛竜を開発したことによって、人類はようやく魔族と制空権を争うことができるようになった。

だが、飛竜は凶暴で、扱いが難しい。しかも赤子の時から育てなければ、人間に懐くことはない。故にそういった育成を担う専門家がいて、人はそれを【竜士】と呼んでいた。

【竜士】と飛竜は一体だ。いついかなる時も一緒である。

その【竜士】が騎士候を戴き、【竜騎士】となり、成長した飛竜とともに戦場へと出て行くのだ。

ヴァルファルの領主ルミルラもまた飛竜の育成を担う【竜士】であり、また【竜騎士】であった。

すでに二匹の飛竜を育て、スライヤで三匹目。そしてその竜と共に幾多の戦場を経験している。

育てた竜の優秀さ、【竜騎士】としての武勇からルミルラは、【竜の巫女】と呼ばれていた。

そのルミルラが餌と水を差し出すと、スライヤは主人の合図も待たずに貪り始める。水も餌もあっという間に平らげ、満足そうに喉を鳴らした。相当お腹が減っていたようだ。

「やはりここにおられましたか……」

スライヤと戯れていると、秘書が慌てた様子で厩舎に飛び込んできた。ルミルラに封筒を差し出す。

「お父上からです」

子どものように無邪気にはしゃいでいたルミルラの顔が、領主のそれに戻る。

慎重に封を切り、中身を確認した。すべてに目を通すと、召喚状を秘書に返す。

「バルケーノ様はなんと?」

「至急、メッツァーに参内せよとのお達しよ」

「急ですな」

「いいえ。そうでもありません。そろそろあるのではないか、と思っていました。おそらくルロイゼンを占拠した魔族たちについてでしょう」

「まだ反乱の戦後処理も決まっていないのにですか？」

「父――メッツァーの領主バルケーノ・アノゥ・シュットガレンとは、そういう人です。戦さが好きなのですよ。娘よりも、自分が丹念（たんねん）に育てた竜よりも」

やや棘（とげ）のある口調で言い放つと、ルミルラは手際よくスライヤに鐙（あぶみ）を載せた。

跨（また）がり、スライヤを拘束していた鎖を解き放つ。

「ルミルラ様……。一体、どこへ？」

「決まってるでしょ。メッツァーですよ」

「ならば、すぐに馬車を……」

「馬車よりスライヤの方が速いわ」

ルミルラはニコリと微笑む。

美女の微笑ではあったが、当の秘書の顔は青ざめていた。領主を止めようとしたが、一歩遅い。

ルミルラはスライヤの首を叩く。その瞬間、飛竜は地を蹴り、厩舎を飛び出した。

翼を広げ、あっという間に風を掴むと、夜空へと舞い上がる。

「ルミルラ様！　夜駆けは危険ですぞ!!」

「スライヤも私も慣れているから大丈夫ですよ。明日の夕刻までには帰ってきますから」

別れの言葉を口にし、ルミルラは前を向く。

やや肌寒い空気を目一杯お腹の中に取り込んだ頃には、雲の上だった。

青い空と白い雲しか見えない自由な世界。

今、その領土にいるのは、ルミルラとスライヤだけだった。

スライヤは鋭く嘶くと、南へと向かうのだった。

「行きましょう、スライヤ」


東の空が白々と明るくなり始めていた。

ルミルラが合図を送ると、スライヤは徐々に高度を落とし始める。

薄い雲を抜けた直後、四方を大きな城壁で囲んだ大都市が現れた。ヴァルファルとは違い、所狭しと建物が密集し、特徴的な三重の城壁が空からならはっきりと見える。その中央には、本国のリントリッド城にも負けず劣らず、大きな宮殿がそびえていた。

大要塞同盟主都市メッツァー。その宮殿ブロワードだ。

「今日は天気がいいから、街がよく見えるわね、スライヤ」

ルミルラはまたスライヤに合図を送り、朝の空気を切り裂きながら宮殿ブロワードへ真っ直ぐ降下していく。その速度は鷹のスピードを超え、さらに伸びていった。今にもブロワードにぶつかりそうになった瞬間、ルミルラは素早く手綱を引く。スライヤの巨体が大きく反り返ると、急減速した。

一度大きく羽ばたき、減速の衝撃を和らげると、ブロワードの大きなテラスに降り立つ。

「ここで待ってて、スライヤ」

ルミルラはスライヤの首を軽く叩く。愛竜は『があ！』と嘶き、翼を畳んだ。

最後に手を振り、別れると、ルミルラは宮殿の中へと入っていく。

そこへ何事かと思った衛兵たちが集まってきた。

「ルミルラ様!?」

「スライヤに無闇(むやみ)に近づかないようにね」

慌てて敬礼する衛兵に敬礼を返し、ルミルラは宮殿の奥へと入っていく。角を曲がれば父の私室という場所で、唐突にその動きが止まった。

藍色の髪に、色白の肌。珍しい三角縁の眼鏡を掛けた男がイライラした様子で立っている。軍服を着ているが、身体が細すぎて、あまり軍人らしくはなかった。

「おはよう、レドベン。もう起きてたの？」

「ルミルラ様、宮殿に直接飛竜を乗り付けないでくださいと、先日もお願いしたはずですが！」

「どうして？　ブロワードにだって飛竜はいるでしょ」

ルミルラは笑顔でかわそうとするも、あまりうまく回避できなかったらしい。

レドベンは眼鏡を釣り上げ、こめかみの辺りをピクピクと動かした。

「父は？　もうとっくに起きてるんでしょ？　年を取るごとに、朝が早くなるのだから」

「その前に、その衣装をどうにかしてください。いくら親族とはいえ、バルケーノ様はメッツァーの領主です。村人のような服装を着て、謁見できるような方ではないのですよ」

「はいはい。わかりました。ただ……ドレスだけは勘弁してよね」

ルミルラはやれやれと首を振り、衣装室へと連行されていった。

✣

宮殿ブロワードにある会議室にて、メッツァー領主バルケーノは人を待っていた。

時折、空を見上げる。強い朝日に目を細め、雲一つない青空を望んだ。少し奥歯を噛みながら、左足をさするような仕草をする。膝から先に足はなく、粗末(そまつ)な義足が付いていた。

バルケーノ・アノゥ・シュットガレンは、元々【竜騎士】であった。

空を駆け抜け、魔族や魔物たちを相棒と共に屠(ほふ)ってきた。

その功績は凄まじく、一度の空戦における撃墜数はいまだ抜かれていない。

しかし、どんな達人でもいつかは技が衰えるものである。

足の怪我はその戒(いまし)めでもあった。

それでも、身体は今でも現役さながらだ。七十に手が届こうかという老爺(ろうや)とは思えないほど偉丈夫(いじょうぶ)で、胸も厚い。戦地から離れて十年。その覇気はいささかも衰えていなかった。

バルケーノは灰色の髪を撫でながら振り返り、少々苛立たしげに長い髭を撫でる。

ノックが聞こえた瞬間、ギョロリと大きな目が頬の傷と一緒に動いた。

ゆっくりと椅子に腰掛け、落ち着きを払った後「入れ！」と大声を上げる。

ようやく娘が会議室に姿を現すも、まずバルケーノの心に浮かんだのは疑念であった。何故なら、ルミルラが着ていた服装が華やかなドレスではなく、武骨な軍服であったからだ。

「なんだ、その恰好は？」

「ドレスがイヤだといったら、これを着るように言われました」

バルケーノは「はあ」と息を吐く。

「お前、もうすぐ三〇だろ」

「いきなり女に年の話をするのは、野暮ではありませんか、お父様？」

「結婚していても不思議ではないはずだ。もう少し女らしくしたらどうだ？」

「お父様が睨みを利かせている限りは、誰も寄ってきませんわ」

またバルケーノは盛大にため息を吐く。竜で乗り付けたこと。服装のこと。いまだ独身であること。言いたいことは山ほどある。しかし領主同士の会議の場であるはずなのに、家族会議のような始まりになってしまったことを、バルケーノは密かに悔いた。

「座れ……」

バルケーノの指示を聞き、ルミルラは自ら近くの椅子を引いて着席する。

正面に座った娘を見据えた後、バルケーノはゆっくりと切り出した。

「呼び出された理由はわかっているな？」

「お婿さんを紹介してくれるという雰囲気ではなさそうですね」

「ふん……。南――ルロイゼンの悪魔どもの話だ」

「反対です」

「まだ何も言ってないぞ？」

「魔族と戦争をすると仰りたいのでしょ?」

「………」

「ゴドーゼンとテーランで起こった反乱は鎮圧されましたが、まだ両都市の戦後処理がまだ終わっていません。本国からまだ代官すら来ていない状況で、開戦に踏み切るというのはいかがなものでしょうか?」

「この反乱が、悪魔どもが仕組んだことでも、お前はそう言えるのか?」

「反乱が仕組まれたことと? 一体、何を根拠にそんなことを仰っているのですか?」

「根拠はない。だが、ヤツらに時間を与えてしまったのは事実だ。反乱を鎮圧するのにかかった一月半……。我らはヤツらに何もできなかったのだからな」

そこでルミルラも気付いたらしい。ハッと顔を上げ、顎に手を置いた。

思索に耽る娘を見ながら、バルケーノは説明を続ける。

「出し抜かれたのかどうかはさておき、この間に戦力が増強されておれば、悪魔どもは一転攻勢に出てくるだろう。シュインツか、それともお前のヴァルファルか。一気にメッツァーを攻めてくるという可能性もある」

「では、軍の態勢を整えてからでも……」

反乱軍の勢いは凄まじく、死兵となって同盟軍に襲いかかってきた。

おかげで一五〇〇〇の三都市同盟軍でも、鎮圧に一ヶ月以上かかってしまった。

投石などによって武具が歪み、いまだ全軍に武器防具が行き渡っていない。加えて久方ぶりの人類同士の小競り合いに、精神的に病む兵が続出したが、そのケアも、必要な兵数も揃えられていない有様だった。

それでもバルケーノは、ルロイゼンの魔族たちを叩くと主張し、ルミルラは断固反対した。

親子共々、一歩も退かず、議論は平行線を辿る。

「どうして、お前はそう頑なのだ！　魔族は敵だぞ！　今すぐ叩くべきだ」

「それはわかります。ですが、まだ反乱の余波が収まらないうちに――」

「ルミルラよ。お前、魔族と戦いたくないのではないか？　よもやまだあの男の絵空事に囚われているとは言わせんぞ!!」

「――――ッ!!」

今まで的確な反論を展開してきたルミルラの口が、急停止する。

娘の唇がギュッと閉まるのを見たバルケーノは、さらに追い打ちをかけた。

「まさかとは思うが、ルミルラよ。いまだお前が独身でいるのは、あの男がまだ頭の中にいるからではなかろうな？」

「それは違います!!」

ルミルラは否定したが、バルケーノは信じなかった。

「あの男はダメだ！　あれは裏切り者だぞ!!」

ヴァロウ・ゴズ・ヒューネルは！　我ら人類を裏切った!!

「師匠は――――」

ルミルラは大きく息を吸い、反論を展開しようとした矢先、大きな音を立てて会議室の扉が開いた。

レドベンが肩で息をし、額には玉のような汗を浮かべて現れる。

「何事だ、レドベン！　会議中だぞ!!」

「も、申し訳ありません、閣下。火急の知らせが入りましたゆえ」

「なんだ？　申してみよ」

「はっ……。報告をそのまま読み上げます」


シュインツに敵、来襲せり！　至急援軍を請う。


「なっ！」

百戦錬磨(ひゃくせんれんま)のバルケーノですら、息を呑んだ。

対面のルミルラも口を開けたまま固まっている。

一瞬金縛りにかかったバルケーノだったが、一旦顎の髭についた汗を拭った。

少し間を置いて、気持ちを落ち着けた後、バルケーノの鋭い視線がレドベンを捉える。

「敵、とはなんだ？　反乱軍の残党か？」

レドベンは報告書から顔を上げ、三角縁の眼鏡の奥から強い眼光を光らせた。

「違います、閣下。……魔族です」

✣

ヴァロウの眼前に、シュインツ城塞都市が広がっていた。

その城壁の上では、兵士たちが慌ただしい様子で、防衛の準備に入っている。

一方、ヴァロウの後ろには、魔物、あるいは魔族が控えていた。

久方ぶりの戦さに心を踊らせ、爪や牙を研いでいる。

「ヴァロウ様、作戦は？」

補佐のメトラが尋ねると、ヴァロウは表情一つ変えず、こう告げた。

「作戦は——ない……」


ひねりつぶせ……。


「「「「うおおおおおおおおおおおおおお!!」」」」

鬨の声が上がる。

いよいよヴァロウ率いる第六師団が大要塞同盟に牙を剥くのだった。

✣

敵軍来襲の報を聞き、シュインツの駐屯兵たちは、たちまち城壁に集まり、守備を固めた。

遠くの方で薄く土煙が上がっている。その下には異形の者たちの姿があった。先頭を歩くゴブリンが手にしていた旗には「角」の紋章が描かれている。

見たことのない旗印に、魑魅魍魎の軍団。

数も駐屯兵が一四〇〇にも満たないのに対し、相手はおよそ倍の数である。

駐屯兵たちが竦み上がるのも無理はなかったが、それでも指揮官は兵たちを鼓舞した。

「恐れるな！　確かに相手の数は倍数だ。だが、我々には数々の兵器がある!!」

ざっと布を取り払った瞬間、城壁の上に大きな弩弓が現れた。

「ここにある兵器！　そしてシュインツが誇る城壁！　これさえあれば、たとえ三〇〇〇の兵だろうと恐るるに足りん！　五日……いや、三日だ！　三日待てば、必ず他の同盟都市から援軍が来る！　それまでなんとしても、このシュインツを死守するのだ!!」

「「「うぉおおおおおおお!!」」」

竦み上がっていた兵たちが猛る。

いよいよ対決の機運が高まり、両軍はぶつかり合うことになった。

魔族軍は隊を分けるわけでもなく、南門へ向かって前進してくる。徐々にシュインツ城塞都市との距離が詰まり、地鳴りの音が大きくなっていった。

濛々と舞い上がった砂煙の中に、異形の軍団の姿が消えていく。

「単細胞生物どもめ！　ただ闇雲に前進するだけで、このシュインツを攻略できると思っておるのか！　――構えよ!!」

攻撃の第一陣である弓兵たちが弓を引く。大弩弓の準備も終わり、指揮官の合図を待った。

射程内に入っても、指揮官は命令を下さない。よく引きつけ、最大効果範囲を狙う。

「はなてぇえええええ!!」

怒声が響く。綺麗な放物線を描き、矢の雨が魔族たちがいるとおぼしき土煙の中へと消えていく。

さらに大弩弓が異形の軍団の中心に向かって放たれた。大型の魔物ですら射貫く大きな矢尻は、着弾した瞬間、新しい土煙を生み出す。

「がははははは!!　思い知ったか、悪魔め！　弓兵、射続けよ！　たっぷり矢を食らわしてやれ！　工兵部隊！　次弾だ！　弩弓の準備を急がせよ!!」

指示を出す。だが行軍の地鳴りは収まらず、さらに土煙が近づいてきていた。

「ま、魔族の勢い――止まりません!!」

「チッ!!」

直後、土煙の中から矢が現れた。

側にいた兵の眉間を貫く。兵からたちまち生気が失われ、ぐったりとして腕を下げた。

「――――ッ！」

指揮官は目を剥いた。

攻城戦に際して、弓を使うのは定石である。だが、高いところから射かける矢に対して、下から射かける矢はどうしても威力が減衰する。さらに地上の弓兵は城壁の上から放たれる敵兵の矢を避けるために、射程ギリギリまで下がる必要があった。以上の理由から、下から射かける矢はさほど怖くない。無視してもいいレベルなのだ。

しかし、今シュインツ城塞都市の駐屯兵を襲う矢は違う。

十分人を射殺せる威力を持っていた。

考えられる理由は二つだ。射手の実力か。犠牲覚悟で近くから放っているかのどちらかだろう。

次々と弓兵たちが魔族側の矢の餌食(えじき)になっていく。狙いこそあまり定まっていないが、数が違う。

こちらの一本に対し、相手は二本応射してくる。しかも、こちらの矢に全く怯(ひる)む様子がない。

(この状況下で、一体どんな射手が弓を引いておるのだ!)

指揮官は頭を低くしながら、そっと下を覗き込む。

土煙の合間(あいま)から見えた異形の姿を見て、再び指揮官は叫んだ。

「スケルトンだと!!」

スケルトンが城壁の正面に平然と立って、上にいる敵兵に射かけている。

その距離は近く、こちらの弓の射程に入っていたが、構うことなく応射していた。

それもそのはずスケルトンには刺突攻撃が効かない。矢も例外ではなかった。そのため城壁の近くから射かけることができるので、威力のある矢が放てるのだ。

いよいよ指揮官が立っている場所にも矢が飛んでくる。こめかみの横をかすめると、慌てて頭を引っ込めて、兜を被り直した。

指揮官の受難はそれだけに収まらない。

「城壁に取り付かれました！」

「う、狼狽えるな！　ヤツらには梯子も攻城櫓もない！　この城壁を上ることなど不可能だ!!」

そうだ。上から見る限り、魔族どもはまともな攻城兵器を持っていなかった。

破城槌を仕掛けてくる雰囲気も、魔法に強いリッチを前面に押し出して、炸裂系の魔法で城門を破壊する様子もない。

（城壁を突破されぬ限り、シュインツが落ちることはありえぬ！）

心の中で力強く――しかし神にでも縋るように――断言する。

だが、指揮官の展望は脆くも崩れ去る。敵に背を向けた直後、指揮官の背後に大きな影が現れたのだ。

✣

シュインツの駐屯兵たちが思わぬ苦戦を強いられている頃、第六師団師団長ヴァロウは、後方から戦況を眺めていた。

彼の側にはメトラしかいない。ルロイゼンの駐屯兵を除き、今あるすべての戦力を投入して、シュインツを落としにかかっていたからだ。

「弓兵にしたスケルトンは効果抜群ですね、ヴァロウ様」

魔族軍有利と見たメトラの声は明るい。だが、ヴァロウはいつもの無表情を決め込んでいた。

戦況はいつもヴァロウの手の平の上だが、油断は禁物だ。

極々たまにではあるが、戦場ではヴァロウですら及びもつかない奇跡が起こることがある。

戦さの最中(さなか)において、油断こそ最も考慮しなければならない大敵なのだ。

「スケルトンの魅力は刺突攻撃に対して強い点だ。攻城戦では、その強みを存分にいかせる」

攻城戦において、重要になるのは飛び道具だろう。特に矢は攻城戦において一番の主戦武器となる。

だが、その弓矢がスケルトンには通じないのだ。

そのため城壁の近いところで放っても問題なく機能し続けていた。

「さすがに弩弓にはやられているようですが」

「問題ない。弩弓は連射ができない。その前に、俺の第二部隊が城壁を突破するはずだ」

「〝俺の〟だなんてあの方が聞いたら怒りますよ」

メトラはクスリと笑うが、ヴァロウは訂正しない。

静かに戦況を見つめるのみだった。

それはまさしく疾風のようにやってきた。

垂直に立つシュインツの城壁をいとも容易く駆け上り、城壁の上に踊り出る。陽の光を背にしてシュインツの駐屯兵たちを睨み付けた。

一対の紅蓮の光が炎のように揺らぐのを見て、兵たちはたちまち竦み上がる。

「何をしている！　槍兵、討ち取れ！」

指揮官は腰が引きながらも、檄を飛ばす。

城壁で待機していた数名の槍兵が、現れた魔族を見上げた。

それは白銀の魔狼族だった。他の魔狼族よりも一回り大きく、一切の武器防具を纏っていない。それなのにスケルトンの攻撃によって城壁からの矢の勢いが落ちたと見るや、この魔族は矢の雨が残る戦場を突っ切り、城壁まで無傷で上ってきたのだ。

たちまち槍兵たちが、魔狼族を囲む。やや唇を震わせ、槍の先を向けた。

するど、魔狼族は爪の先で耳を掻く。

「やれやれ……。ヴァロウの野郎はこんなヤツらに手こずっていたのか？」

「かかれ!!」

指揮官は号令を飛ばすと、一斉に槍が白銀の魔狼族に向かって伸びる。

槍の切っ先が魔狼族の柔らかな毛に触れた瞬間であった。

白銀の魔狼族が爪を広げ、ぐるりと回転する。直後、血しぶきが上がった。

魔狼族を襲った槍兵たちの首から鮮血が吹き出す。

一瞬にして、十名弱の槍兵が物言わぬ骸となった。

兵たちは悲鳴を上げ、震え上がった。しかし、彼らの悪夢はこれで終わらない。

次々と魔狼族が城壁を越えて現れたのである。

「ひぃ！　ひぃぃいいいいい!!」

「そんな！　どどどど、どうやってそんなに易々と……」

指揮官の声に、白銀の魔狼族は少し苛立たしげに振り返った。

「どうやってだと？　説明するまでもない。オレたちにとって、こんな城壁――壁の内にも入らん」

そう言って、爪を舐める。

指揮官は魔狼族の仕草を見て、気付いた。その手、足の爪の鋭さを確認し、同時に確信に至る。

爪を壁に突き立て、上ってきたのだ。加えて、先ほどのしなやかな身のこなし。尋常ではない敏捷性。魔法は一切使わず、ただ身体的特徴と基礎能力だけでシュインツの壁を攻略したのだ。

(これが魔族か……)

その常識外れの運動能力に、指揮官は瞠目する。

だが、まだ不可解な点はあった。どうやって、この矢の雨の中を無傷でくぐり抜けてきたかだ。

魔狼族は敏捷性こそ高いが、その皮膚は他の魔族と比べても柔い。

しかし、後退しながら首を傾げていた指揮官の視界にあるものが映る。

何も付けていないと思っていた魔狼族の腕に、何故かスライムが貼り付いていたのだ。

そこには何本もの矢が刺さっていた。

まさかと思い、指揮官は慌てて城壁の縁に駆け寄ると、眼下を望んだ。弓兵たちが必死に城壁を上ってくる敵を撃ち落とそうとしている。

だが、魔狼族はスライムが付いた腕を盾にし、矢を塞いでいたのだ。

「な!! スライムで矢を防ぐだと……!!」

指揮官の叫びは、白銀の魔狼族の耳にも届いたらしい。

「なかなか便利だったぞ。さすがに壁を上る時は無防備になるからな。それでムカベスク要塞の時には大損害を出してしまった。ふん! スケルトンの援護といい、スライムの使い方といい。腹立たしいが、ヴァロウの野郎が提案したやり方は、大当たりだったようだ」

表情こそ憤然としているのに、白銀の魔狼族の声は明るい。

「さあ、覚悟しろよ、人間ども」

白銀の魔狼族が爪を舐めるのを見て、指揮官の恐怖は最高潮に達した。

ギュッと瞼を閉じ、この悪夢から目を背けようとする。次に目を開けた時には、何事もなく官舎のベッドで寝ていることを祈ったが、悪夢はこれだけに終わらなかった。

ギィイイィイイィイィイィイィイイイィイィ!!

目をつむっていた指揮官が、思わず立ち上がるほどの金属音が轟いた。

また土煙が上がる。慌てて城壁の縁を掴み、指揮官はそっと音の方向を探った。

直下を見たその時、信じがたい光景を目にする。

「じょ、城門が……」

数ある城塞都市の中でも、屈指の厚さを誇るシュインツの南門が完全に吹き飛んでいたのだ。

余程大きな力が加えられたのだろう。くの字にひん曲がり、周辺の露店に突き刺さっていた。

「な、何が起こっているのだ？」

指揮官は悲鳴じみた声を上げた直後、その主犯とおぼしき男が現れた。

巨大な鉄の棍棒を肩にかけ、硬い赤髪と額からは二本の鋭い角が伸びている。

人鬼族(ワーオーガ)である。それもかなり大柄な……。

指揮官の視線に気付くと、人鬼族(ワーオーガ)は得意げに牙を見せて笑った。

「ひぃいいいいいいいいいいいいい!!」

指揮官はバタバタと地面に尻を付けたまま後退する。

目を合わせるだけでわかった。あれは化け物だと……。だが、化け物は一匹だけではない。

「おい……」

白銀の魔狼族(ワーグ)が指揮官に声をかける。鋭い爪の先からは血が滴っていた。

指揮官はまた悲鳴を上げて助けを求めるが、応答する者はいない。

城壁にいた一千名以上の兵士が為(な)す術(すべ)なく殺され、城壁に血を吸わせていた。

「どうやらお前で最後らしいな」

白銀の魔狼族(ワーグ)が迫ってくるが、指揮官にはもはや抵抗する気概すら浮かばなかった。

あっさりと逃亡を選択し、部下たちの骸を蹴り飛ばして城壁の下へと駆け下っていく。

そこにいたのは、城門をぶち抜いた人鬼族(ワーオーガ)であった。さらに背後には白銀の魔狼族(ワーグ)が迫る。

「あ……。あ、あ……」

前門に人鬼族(ワーオーガ)、後門に魔狼族(ワーグ)。すなわち、それは死を意味していた。

人鬼族(ワーオーガ)の棍棒と、魔狼族(ワーグ)の爪が同時に振り上げられる。

「ぎゃあああああああああああ!!」

その瞬間、指揮官を繋いでいた意識の糸が、ぷつりと途切れるのだった。

Episode. 02

Vallow of Rebellion

Jyokyukizoku ni Bousatsu Sareta Gunshi ha Maou no Fukukan ni Tensei shi, Fukushu wo Chikau

城壁を守っていたシュインツの駐屯兵は、スケルトンを主戦力とする第六師団と、援軍でやってきた第四師団によって粗方片付けられた。

吹き飛んだ城門をくぐり、指揮官ヴァロウがシュインツ城塞都市に入城する。

ザガス、そして第四師団とその師団長ベガラスクが待機していた。

「随分と遅い到着だな、ヴァロウ。お前の分はもうないぜ」

久しぶりに身体を動かしたからか、ザガスは上機嫌に笑う。

壊した城門を指差し、近くにいた魔狼族に自慢していた。

一方でベガラスクはヴァロウの姿を認めると、ふんと鼻を鳴らす。こっちはザガスと違って不服そうだ。まだヴァロウに使われるということに、不満があるのだろう。

「ベガラスク、助かった。お前の第四師団がいなければ、ここまで短期間にシュインツを落とせなかっただろう」

「う……。な――――」

ベガラスクは目を丸くする。その顔はみるみる赤くなっていった。

「へぇ……。珍しいねぇ。まさかヴァロウが褒めるなんてなあ」

「ザガスの言う通りだ。気持ち悪い……。まさか、それもお前の謀なのではないだろうな」

「正直な気持ちを表明しただけだ。第四師団は唯一我らに助力してくれる貴重な戦力だからな」

「べ、べべべべつにはお前のためではないぞ！　え、えええええ援軍としてやってきたのは、魔王様の命令であってだな――――」

勢いよく反論するのだが、言葉に反し大きな白銀の尻尾は機嫌良さげに揺れていた。

なんだかんだ言いながら、喜んでいるらしい。

「それで……。この状況はなんだ？」

ヴァロウは振り返った。

そこにいたのは人だ。いや、正確に言えば人族ではない。

褐色の肌に、ややくすんだ灰色の髪。耳はエルフのように横に伸びている。

いわゆるドワーフ族と呼ばれる種族だった。

シュインツ城塞都市の人口のほとんどが、ドワーフ族である。土と鉄の民と呼ばれる彼らは、基本的に鉄鉱石や魔法鉱石（ミスリル）が多く含まれる鉱山を住み処にしていた。このシュインツも例外ではなく、近くにルガンと言う鉱山があり、そこで取れる良質な鉱石を使って、武器や防具を作り出していた。

ドワーフは総じて手先が器用で、熱にも強いため鍛冶師になる者が多い。

そのためシュインツ城塞都市の内部には多くの鍛冶場が建ち並び、作られた武器は大要塞同盟だけではなく最前線でも私用されていた。シュインツは人類側の主要な軍需工業都市なのだ。

おかげで空気は汚れ、常に煙たい。ドワーフ族は気にしていないようだが、人族にとっては劣悪な職場環境にあった。

「くしゅん!!」

ちょっとかわいいくしゃみをしたのはベガラスクだ。すぐに鼻頭を擦（こす）り上げる。

どうやら、シュインツ攻略の立役者も、この空気には苦戦しているようだ。

「どうかお助けを、魔族様」

先頭で膝を突き、頭を垂れた老ドワーフは声を絞りだす。

頭頂部だけはげ上がった頭には、脂汗が浮かんでいた。

途端、鋭い炸裂音が響く。ザガスが自慢の棍棒を地面に叩きつけたのだ。

凄まじい破壊力と音に、ドワーフ族たちはたちまち震え上がった。

「魔族劣勢となった時に、お前らが何をしたのか忘れたんじゃねぇだろうな？」

ザガスがこうして怒るのには、理由があった。

実は、ドワーフ族は元々魔族側の種族なのだ。しかし、劣勢とみるや、武器を作るという条件で生かされ、人類側に寝返った。つまり、魔族からすれば、彼らは裏切り者なのである。

だが、ドワーフ族の方にも理由がないわけではなかった。

このルガン鉱山は先祖代々ドワーフたちが、受け継いできた鉱山である。故郷とも言うべき土地から離れるわけにはいかなかった、というのが彼らの言い分だった。

「ヴァロウ、どうするのだ？」

振り返ったベガラスクの目つきも鋭い。ザガス同様、裏切り者が許せないのだろう。

魔族にとっても、裏切りは大罪だ。多くの魔族が魔王に忠誠を誓っている。その魔王に弓を引くことはどんな理由があろうと許されるものではない。ましてや彼らは人間のために武器を作ったのだ。

それが今もなお戦場で魔族を殺し続けていると考えれば、同情の余地はなくなる。死罪は当然だ。

すると、ヴァロウはようやく進み出た。

後ろのメトラはやや心配げに目を細めている。

何を隠そう――ドワーフを裏切らせたのは、実は人間であった頃のヴァロウなのだ。

その彼が魔族に転生し、ドワーフ族を今まさに裁こうとしている。

運命以外の何者でもなかった。

「一〇〇万……。これがなんの数値かわかるか？」

ヴァロウはドワーフ族の前に立つと、質問を切り出した。

ドワーフ族たちは顔を見合わせたり、相談したりする。だが答えが返ってくることはなかった。

「お前たちの武器で死んだ魔族の数だ」

「――――ッ!!」

ドワーフ族の間に衝撃が走る。同時に、その命の重みと一緒に改めて頭を垂れた。

「ならば、お前たちはその倍数である二〇〇万の人間を殺せるか？」

「に、二〇〇万!!」

「わ、我々に戦え、と……」

「オラたちは武器を作れても」

「んだ！　剣を振ったことなんてないべ」

「違う……」

ドワーフたちの言葉を、ヴァロウは一蹴する。

「戦さに加われとは言わない。これまで通り武器を作れ。剣や弓ではないぞ。人間を二〇〇万人殺すことができる兵器だ」

「に、二〇〇万の人間を殺す兵器!!」

「そ、そんなもん」

「魔法でもそこまでの出力は――」

ドワーフたちは首を振るが、ヴァロウは冷徹に言い放った。

「不可能と言うなら、お前たちの首が飛ぶだけだ」

「ひぃっ……」

冷たいヘーゼル色の瞳が閃くと、老ドワーフたちは小さく悲鳴を上げた。

「期限は三日だ。それまでになんらかの成果をあげろ」

「おい。ちょっと待て、ヴァロウ！　その成果とやらが出たら、こいつらを許すと言うのか？」

割って入ったのは、ザガスである。問答無用で打ち首だと思い、さっきから梶棒を素振りしていたが、上司自らの手によって梯子(はしご)を外されてしまった。

ザガスの意見に、ベガラスクも首肯(しゅこう)する。

「甘いぞ、ヴァロウ。ドワーフどもをつけあがらせるだけだぞ」

「俺は名誉よりも実(じつ)を取る。ドワーフたちが本当に二〇〇万人の人間を殺せる兵器を作れるというなら、それは我ら副官よりも、人を殺したことになる。違うか？」

「な！　我ら副官よりもか!?」

「仮に死罪とすれば、そんな可能性を秘めた種族を殺したことになる。それはこいつらが人間どもに剣を鍛った以上とはいかないまでも、同等の罪に値する。違うか？」

「バカにするな、ヴァロウ。それが屁理屈だということはオレにもわかるぞ」

「いずれにしろ。こいつらの成果を見てからでも遅くはあるまい」

「ふん。三日で何ができる」

「三日なんて必要ないよ‼」

突如一人のドワーフが立ち上がる。女のドワーフだ。

他のドワーフが顔を青白くしているのに、一人目を輝かせていた。

それは、虹彩が黄色だからという理由だけではないだろう。

ドワーフ特有のくすんだ灰色の髪をベレー帽の中に収め、腰には様々な工具をぶら下げていた。

「お前は？」

「ボクの名前はアルパヤ。指揮官の人！　二〇〇万人の人間を殺せる兵器を見せてあげるよ」

アルパヤは自信満々に物足りない胸を張るのだった。


「いやぁ〜。魔族様たちが来てくれて、ホント助かったよ」

アルパヤの声は非常に明るかった。

他のドワーフたちは神妙な顔を見せていたのに対し、笑みまで浮かべて喜んでいる。

その態度と発言に戸惑ったのは、ヴァロウたちの方であった。

「助かった、とは？」

「だってさ。人間って人使い荒いんだよ。納期が短いわりに、質にはうるさいし。それなのに、金額をまけろって煩いんだ。もうめちゃくちゃだよ。この前も、メッツァーから大量の受注があってさ」

「メッツァーからだと？　詳しく聞かせろ」

「前に大きな反乱があったでしょ。その時に壊れた武器とかの補修とか、武器の新作とか注文が来たんだけどさ。普通なら三ヶ月かかるのに、二週間でやれって言うんだよ。みんな、何も言わないけど……。ボクみたいに助かったっていうドワーフは、結構いると思う」

「助かっただぁ？　オレ様はお前らの裏切りを許してなんかいねぇぞ」

ザガスは、アルパヤの被っているベレー帽が吹き飛ぶぐらいの怒気を放つ。

横のベガラスクも同意見らしく、深く頷いた後鋭い視線を放った。

しかし、アルパヤは淡々と地面に落ちたベレー帽を拾い上げる。

「気持ちはわかるんだけどさ。ボクは第二世代なんだ。そこのところがよくわからないんだよね」

「第二世代？　もしかして、あなた……。人間に支配されてから生まれたって言うの？」

「まあね。一応、話は聞いてるけど、ピンとこないっていうか……あ、着いたよ」

そこは大きな倉庫だった。いや、倉庫というのもおこがましいかもしれない。屋根には穴が開き、梁も細い。建っているのが精いっぱいの背の高い荒ら屋であった。

「ここは？」

「ボクの家さ。さ――。入って！　入って！」

言われるまま中に入るが、倉庫の中は真っ暗だった。

「おい！　なんも見えねぇぞ！」

早速ザガスが不満を喚く。

ちょっと待って、とアルパヤの明るい声が奥から響いてきた。

すると突然、光が閃く。魔法の光だが、アルパヤが魔法を唱えた様子はない。何かのレバーを下ろしただけだった。

アルパヤの仕草を見て、ヴァロウは顎をさする。

「魔導工学か……」

「あ。よく知ってるね、お兄さん」

アルパヤは瞳を輝かせた。

魔導工学とは、人が使う魔法を別のもので代用させようという試みである。

魔法鉱石に閉じ込めた魔法を遠隔地から発動させたり、あるいはその効果を遅延させて指定の時間に起動させたりする技術だ。

ヴァロウがラングズロス城を破壊した時も、魔導工学の技術が使われていた。

だが、まだまだ発展途上で知名度も低く、さらには高度な知識が求められるため、技術者の育成も難しい。研鑽していけば戦争のやり方すら変わるのに、敷居の高さが邪魔をして、国もなかなか予算が付けづらいというのが現状だった。人間の頃のヴァロウは魔導工学を積極的に取り入れるべく動いたが、悉く上級貴族たちに握りつぶされてしまった。

訳のわからない技術に、金は出せないと言うのだ。

そんな高度な技術が、まさかシュインツ――しかもこんな荒ら屋で見ることになるとは、さしものヴァロウも予想していなかった。

「誰に教わった？」

「前のシュインツの領主様だよ。変わった人でさ。何かと中央に楯突いて、結局脱税容疑で捕まっちゃった。たぶん今頃、本国の牢屋の中だよ。本人は『陰謀だ！』って騒いでたけどね」

「名前は？」

「メフィタナさんだよ。下の名前は忘れちゃったけど」

「め、メフィタナ博士!!」

素っ頓狂な声を上げたのは、メトラである。その横でヴァロウが額を押さえた。

「ああ……。あの人か……」

「なんだ、お前たち？　知ってるのか？」

ベガラスクはギッと睨むと、メトラは目を右往左往させながら狼狽えた。

（さすがに王女時代の私の家庭教師で、ヴァロウ様の師匠に当たる人とは言えないわね）

変わり者ではあったが、メフィタナは大陸一の賢者と呼ばれていた。

本人は「古くさい」と綽名が気にくわなかったようだが、その知識量と先進的な理論や哲学は、他の追随を許さず、天才と言っても過言ではなかった。

その天才に天才と言わしめた人間がいる。

それが今、メトラの隣にいる人物――ヴァロウである。

「資料で見ただけだ。変わり者らしい。自分を〝科（とが）〟学者（がくしゃ）と呼んでいるそうだ」

「なんだそりゃ？」

ザガスもまた目を細める。

「神に楯突く研究をしていると、本人は自負してる。俺も詳しくは知らん」

ベガラスクは結局難しい顔をしたまま、アルパヤに荒い息を吹きかけた。

「ふん。……で、娘。オレたちに一体何を見せようというのだ。まさかこの荒ら屋を見て欲しかったというのではあるまいな」

「荒ら屋なんてひどいなあ。ここは科学（とがく）の前線基地なんだよ」

アルパヤは倉庫の奥の方へ歩いて行く。そこには大きな構造物があった。

かかっていた布と縄が外されると、それは衣擦れの音とともに姿を現す。

「な、なんだこりゃ!!」

ザガスは度肝を抜かれ、自分よりも大きな構造物を見上げる。

ベガラスクも、メトラも言葉を失い、ただヴァロウだけが無表情にそれを見つめていた。

それは一見、人馬の形をしていた。だが、この世に金属だけでできた人馬はいない。全身はくまなく魔法鉱石（ミスリル）製の鋼板に覆われ、人を軽々と掴めそうな腕と、長い胴、四本の足がしっかりと地に足を付けている。肩となる部分の上には頭のようなものがあり、今は沈黙していた。

「じゃーん。これがボクの作った魔導人馬型兵器キラビムだよ」

アルパヤは胸を張る。

「魔導？」

「人馬型？」

「兵器だと？」

「キラ……ビム…………か……」

魔導人馬型兵器キラビム。

そう呼称された機体の前に集った魔族たちは、それぞれの種族に応じた驚き方を見せる。目を剥く観客たちを見て、アルパヤは得意げに鼻の下を擦った。

「ふふん！　どう？　カッコいいでしょ？」

「カッコいいか？」

「どっちかと言うと、ダサいと言うか」

「ふん！　オレの方がよっぽどカッコいい」

魔族たちの評価は辛い。ベガラスクなどは、どさくさにまぎれて自分の容姿をアピールする始末だ。

不平とも意見とも言える声を聞き、アルパヤは眉間に皺を寄せた。

「カッコいいと思うけどなあ。……でも、キラビムは見た目だけじゃないよ。こいつの力は、五〇頭の馬にだって勝てるんだ。機動性はまだまだだけど、改良すれば馬よりも速く走れるよ」

「そ、そう……」

「腹が減った」

「いや、見慣れてくると意外にカッコ良くないか……。オレほどではないが」

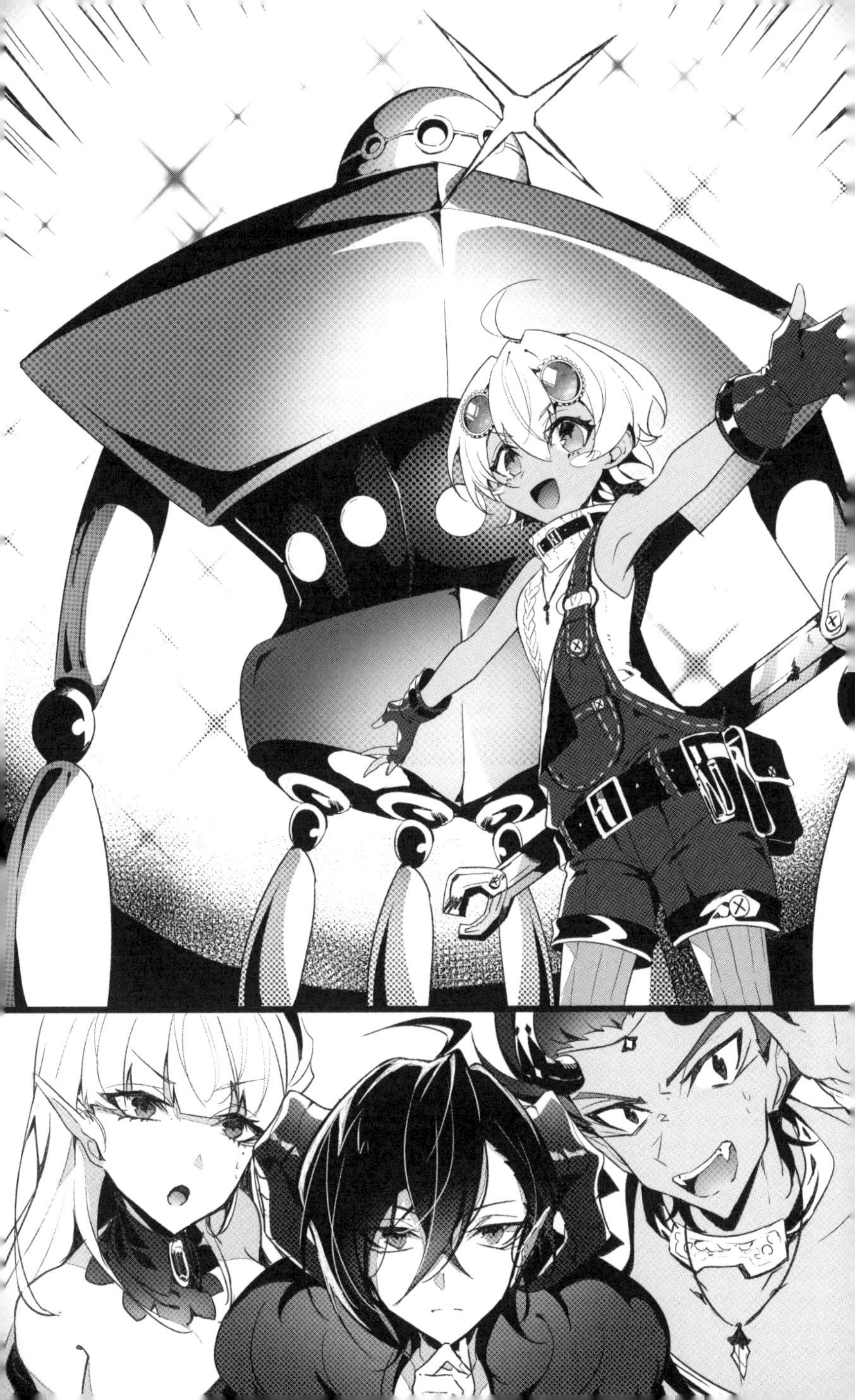

「君たち果てしなく興味がなさそうだね」

アルパヤは脱力する。

魔族の中には、馬五〇頭を引きずることができる種族もいるし、馬より速く走れる者もいる。

その程度で、「すごい」と言われても、魔族たちにはピンとこなかった。

だが、一人興味を示した者がいる。ヴァロウだ。

興味深げにキラビムを観察していた。

「出力機関は二つか？」

「お！　指揮官さん、わかる？　魔法鉱石(ミスリル)の大欠片を二つ付けてるよ」

「それでこの重量を動かせるのか？」

「それ以上付けると、エネルギー炉の効率が悪くなるんだ。機関の連続詠唱にも雑音が入るしね」

「この回路は……？　なるほど。直接駆動によって効率を上げているのか？」

「お、お前ら……。もっとわかる言葉で喋れよ」

ヴァロウはふむふむと頷く横で、ザガスが頭を掻いた。

「それでこんな魔法鉱石(ミスリル)の塊が、二〇〇万の人間を殺せる兵器と言うのか？」

ベガラスクは眉間に皺を寄せながら、少々乱暴にキラビムの装甲を叩いた。

その表情にタジタジになりながら、ドワーフの娘は肩を竦める。

「そ、そう……見えないかな？」

「ふん。こんな見るからに弱そうなヤツが、二〇〇万の人間を殺せる兵器なはずがない！」

ベガラスクは断言する。さすがにその言い方にカチンと来たらしい。

アルパヤはむっと頬を膨らませ、魔狼族（ワーグ）に挑みかかった。

「じゃ、じゃあ！　キラビムが弱いかどうか試してみてよ！」

「試すだと？」

「そうだよ。ボクがこれに乗って、動かすからさ。ボクとキラビムに負けたら、煮るなり焼くなり好きにするがいいさ」

「面白い！　貴様、今誰に喧嘩を売っているかわかっているのであろうな。オレの名前はベガラスク。第四師団師団長にして、魔王様の副官だ」

「え？　魔王様の副官……！」

アルパヤの顔から血の気が引いていく。

いくら魔族から離れて育った世代とは言え、その副官の実力は伝え聞いているらしい。

「撤回するなら今のうちだぞ。ま――。どうせお前たち裏切り者は助からないがな」

「ちょっと待ってください」

アルパヤとベガラスクの間にメトラが入り、二人を制する。

「アルパヤ、今乗ってと言いましたね」

「え？　うん。このキラビムは中に入って操縦するんだ。大きな鎧（よろい）だと思ってくれればいいよ」

「じゃあ、なんで今動いているんですか？」

メトラはキラビムを指差した瞬間、頭に付いた赤い光点が閃く。

すると、右手がアルパヤに向かって振り下ろされた。

「危ない!!」

メトラの悲鳴が響く。

鋭い金属音が倉庫に広がり、剥き出しの地面に大きな穴が出現する。だが、そこにドワーフの死体はない。あるのはぺちゃんこになったベレー帽だけだった。

キラビムの赤い光点が左に流れる。その視線を辿っていくと、ヴァロウが立っていた。

自分の胸に押し付けるように、アルパヤを抱きかかえている。

「あ、ありがとう……。えっと……」

「ヴァロウだ。怪我はないか?」

「……え? あ、うん。うんうん」

灰色の髪を揺らす。

ヴァロウはアルパヤをそっと立たせると、キラビムに向き直った。

「おい。これはどういうことだ、娘」

ベガラスクはこめかみの辺りをひくひくさせながら唸り、牙を剥き出す。

その表情だけで心臓が凍り付きそうだったが、今はそういう場合ではない。

「あ、ありえないよ! ボク以外の人間が動かしているとしか……」

直後、大きな笑い声がキラビムの中から聞こえてきた。

「くっはははははは! なかなかの力ではないか。土竜が作ったわりには高性能だ」

「も、もしかして領主様!?」

「まさかシュインツの領主？　こんなところにいたなんて」

主にシュインツに残っていた人類は、領主の館に勤めていた家臣やその家族だけだ。すでに彼らは捕らえたが、領主だけがまだ見つかっていなかった。

「探す手間が省けたな。覚悟しろ、人間。その不細工な魔導具が、お前の棺桶だ」

ベガラスクは指の先から鋭い爪を伸ばす。

一直線に走り、キラビムに向かって爪を振り下ろした。

鉄を引っ掻いたような奇妙な音が鳴り響く。

「なにぃ!!」

ベガラスクの渾身の一撃に対し、キラビムが負ったダメージは一部塗装が剥がれただけだった。

魔狼族(ワーグ)の爪は軽々と鋼を切り裂くが、魔法鉱石(ミスリル)は別である。複雑に組織が入り組み、さらに魔法的な靭性(じんせい)を持つため、鋼以上に硬いのだ。

そのベガラスクに代わって走ったのは、ザガスだった。

「斬れないなら、ぶっ壊すまでだ！」

棍棒を振り下ろす。再び甲高い金属音が荒ら屋に響いた。

「――――ッ！」

ザガスもまた目を剥く。

キラビムが振り下ろされた棍棒を受け止めていたのである。

「ほほ！　人鬼族の力を上回るか！　これはすごい!!」

キラビムは棍棒ごとザガスを持ち上げると、まるで藁人形のように放り投げた。

薄い倉庫の壁を破って、ザガスは外へと消えて行く。

凄まじい力に、その場にいた魔族全員が戦慄した。

「やめて!!」

領主が搭乗するキラビムの前に現れたのは、アルパヤだった。

「それはボクが作ったんだ！　今すぐ降りろ!!」

「うるさい。指図するな、この裏切り者め!!」

「え…………」

「魔族が劣勢だと見ると、人類に尻尾を振り、人類が劣勢だと知ると、魔族に尻尾を振る。土と鉄の一族が聞いて呆れるわ！」

「ち、違う！」

アルパヤはくすんだ灰色の髪を振り乱す。

「ドワーフは自分たちの住み処を守りたかっただけなんだ。ただそれに一生懸命なだけだ……。ホントはみんな、武器なんて作りたくない。けれど、ボクたちと人類を仲介した人間が約束してくれたって聞いた」

武器は多くの人を殺す。多くの魔族を殺すだろう。……でも、いつか戦争そのものを殺す。

「武器を手にし、戦わなければ終わらない。そう言ったから、ボクたちは武器を作り続けた。でも、誰も心の底から戦争を望んでいるわけじゃないんだ！　土をいじって、身体を煤だらけにする方が、戦争なんかするよりもボクたちは何万倍も幸せなんだ！」

「ほざけ！　武器を作りたくないだと？　冗談を言うな。こんな兵器を作っておいて何を言う」

「キラビムは元々穴掘り用の魔導機械として作ったんだ。ボクみたいなひ弱なドワーフでも、みんなの役に立てるようにと思って……」

「詭弁だな!!　自己を正当化しようとしているだけだ」

「そうだよ。でも、そんなの……みんなも同じじゃないか。たった今も、どこかで魔族や人間が死んでるのに……。戦争だからって、みんな諦めてるじゃないか。ボクは終わらせたい……。たとえ、二〇〇万人の人間を殺したって。武器を作らなくていい世の中ができるなら！」

「は!!　青いな！　そんな覚悟が土竜にあるものか!!」

「ボクはただのドワーフじゃない！　科学者だ!!」


罪を背負う覚悟ならとっくにできてる!!


アルパヤは叫ぶ。倉庫の壁が揺れるぐらいの大声で。

しかしアルパヤの言葉は領主には届かなかった。

領主の意味のなさない絶叫が空気を震わせ、キラビムの腕がアルパヤに伸びていく。

ゴォォォオオオオオオンンンンン!!

釣り鐘を叩いたような音が響き渡る。

アルパヤは目を開け、自分が生きていることに気付いた。

黒い髪の人鬼族(ワーオーガ)がキラビムの腕を受け止めている。

その手の甲に、角を模した紋章が紅蓮に輝いていた。

「ヴァ、ヴァロウ……」

「アルパヤ……。お前の覚悟、見事だ……!」

「あ……? う、うん……!」

「だからと言うわけではないが……。お前の傑作を破壊させてもらう。──許せ!」

ヴァロウは魔法を唱える。

ごろりと空に暗雲がたれ込めると、青白い雷撃が倉庫を貫く。

そして、一直線にキラビムに向かって落ちてきた。

「ぎゃあああああああああ!!」

雷撃がキラビムを伝い、操縦席で暴れ回る。

領主の断末魔の悲鳴とともに、肉の焼ける匂いが倉庫の中に漂った。

「あーあ……。回路がボロボロだ……」

黒焦げになったキラビムを見ながら、アルパヤはため息を吐く。

落ちていたベレー帽の埃を払い、ぼさぼさの灰色の髪を帽子の中に収めた。

魔法鉱石(ミスリル)には弱点がある。

耐火耐水耐圧には強いが、雷属性の魔法に滅法弱いのだ。

対処法として、特殊な膜を張る方法があるが、キラビムにはその処理が施されていなかったらしい。

おかげで通雷した魔法鉱石(ミスリル)が操縦席内で過剰に放雷したため、中にいた領主は黒焦げだった。その遺体を回収した後、回路などを確認したが、どこも焼き切れて使い物にならなくなっていた。

「はあ……。一からやり直しか」

「ああ。そうだ。一からやり直せ」

悪びれることもなくそう言ったヴァロウも、アルパヤと一緒に損傷具合を確認していた。

「元々これは掘削用に作っていたのだろう？」

「う、うん……」

「ならば、戦闘用に作り直せ。今のままでは、やはり魔法鉱石(ミスリル)の塊だ。対雷属性被膜も貼っていなかったしな」

「えっと……。ちょっと待って、ヴァロウ！　いいの？　ボク……。キラビムを作って……」

「確かにこのキラビムだけでは、二〇〇万の人類を殺せないだろう」

「そ、それは……気付いてた。その、それは方便というか……」

「俺の話を最後まで聞け。俺はこのキラビムだけでは――と言ったのだ」

「ほへ?」

アルパヤが首を傾げると、頭に載せていたベレー帽がずり落ちる。

「五〇、いや——まず最低一〇〇体のキラビムを用意しろ。むろん、改良したものをな」

「ひゃ、一〇〇体⁉ これ、一体作るのに、何ヶ月かかったか知ってる?」

「一〇〇体のキラビムを作り、二〇〇万の人類を殺せ……。そして二〇〇万の命を救え……」


俺がその戦場を用意してやる……。


「ヴァロウ……」

そのヴァロウの横顔を見ながら、アルパヤは呆然とする。

ベレー帽を取り、ギュッと胸の前で握る姿は、まるで神に祈っているかのようだった。

「待て、ヴァロウ! 貴様、このドワーフたちを許すのか? それとも、このアルパヤというヤツだけを許すのか?」

鋭い視線を向けたベガラスクが、ヴァロウを詰問する。

身が竦むような視線を浴びても、ヘーゼル色の瞳が揺らぐことはなかった。

「シュインツにいる全員だ」

「百歩譲って、この女が優秀な技師であることは認めてやる。キラビムという奇怪な兵器を量産するというなら、それもいいだろう。だが、それはこの女だけがいれば事足りることだ。他のドワーフは違う！」

「ベガラスク、お前は何を聞いていたのだ？」

「なにぃ？」

「アルパヤは言った。『ホントはみんな、戦争の武器なんて作りたくなかった』と。こいつらは、イヤイヤ武器を作らされていただけだ。そんな作り手の魂が入っていない剣で、俺たち魔族を斬れると思うか？」

「それこそ詭弁（きべん）であろう！　こいつらの罪が許される理由にはならない」

「ならば、ドワーフの住み処であることを百も承知しながら、ここを放棄し、撤退せざる得なかった魔族はどう裁かれるのだ？」

「それは……。そもそもだな。オレは、こいつらがまた裏切るのではないかと――」

「ならば、俺たちがきっちりと管理すればいい」

「お前！　第六師団で面倒を見るつもりか？」

「なんだ？　第四師団が面倒を見るのか？」

「ふん！　鈍足のドワーフなど。我らについていけるものか」

「決まりだな……」

「いやいやいやいやいや、待て。勝手に決めるな」

「いずれにしろ。こいつらの沙汰は俺たちが決めることではない。この地を平定した後に、魔王様が直々にお決めになることだ。違うか？」

魔王という名前を出されて、初めてベガラスクは反論を止めた。

一万人規模の魔族を裁くのだ。いくら魔王の副官と言えど、裁量権の範疇を超えている。

魔王にお伺いを立てるのは、当然と言えば当然だった。

「わかった。魔王様の判断を仰ぐ……」

一触即発の空気が緩むのを見て、アルパヤはホッと息を吐いた。

ようやくベガラスクは矛を収める。

「があああああああああ!!」

突然、声が響き渡る。壁を破壊し、ザガスが倉庫に戻ってきた。

どうやらずっと気絶していたらしい。

「くそが！　もう一戦だ！　鉄くず野郎！　かかってこい!!」

声を張り上げ、荒ら屋の中を見渡す。だが、黒焦げになったキラビムを見るや、ザガスの怒りはアルパヤに向けられた。その胸ぐらを掴むと、獅子のような咆哮(ほうこう)を上げる。

「今すぐ直せ！」

「そ、そんな簡単に直ったら苦労しないよ！」

「魔法でパパッと直せばいいだろうが」

「キラビムはそんな簡単なものじゃないの!!　ねぇ、ヴァロウ！　このお兄さんに、説明してよ」

「ザガスは説明されて納得するほど頭がよくない。突っかかれるのがイヤなら、とっととキラビムの二号機を作るんだな」

「ああ！　もう！　これじゃあ、人族が治めていた時の方がよっぽどマシだよ‼」

アルパヤは弱音を倉庫の中でぶちまけるのだった。


再びドワーフたちは集められると、倉庫での一件についてアルパヤ自身の口から説明がなされた。

戸惑う者もいたが、ひとまず命がつながったことに安堵する者がほとんどだ。

だが、再び魔族のために武器を作って貢献するということに、難色を示す者は少なくなかった。そのほとんどがベテランの職人たちである。人類軍の下でかなり酷使され、身体がボロボロなのだと言う。ゆっくり余生を過ごしたい、というのが彼らの本音であった。

当然、ベガラスクは鼻の頭に皺を寄せたが、ヴァロウは「それでいい」と頷く。

「先にも言ったが、魂のこもっていない武器ほど不要なものはない。やる気がないなら、それでもいい。ただ――」

すると、ヴァロウは一枚の紙を皆に向かって掲げる。

魔族の書類ではない。なぜならば、人間の言語で書かれていたからだ。

「最後に、お前たちがやり残した仕事をしてもらう」

「「「オラたちがやり残した仕事？」」」

ヴァロウは書類をドワーフたちに見せる。

確認した瞬間、土と鉄の一族たちはギョッと目を剥くのだった。

✣

シュインツ陥落……。

その報告はすぐに大要塞同盟主都市メッツァーに届けられ、領主バルケーノと、結局ブロワード宮殿に泊まることになってしまったルミルラの知るところとなった。

シュインツにはゴドーゼンの『風の勇者』、テーランの重戦士部隊のような主戦力となる武将タイプの人材がいない。その代わり、メッツァー以上に高い城壁と、優秀な工兵部隊が揃っていた。
二、三日ぐらいなら余裕で魔族の攻勢に耐えられると思っていたのだが、蓋を開けてみれば半日と保たなかったという。
バルケーノは葉巻から紫煙をくゆらせながら、眉を顰めた。

「一体、どんな大軍で攻めてきたのだ、ヤツらは！」

報告書を叩き、レドベンに詰め寄る。

軍務参謀と大臣を兼任するレドベンは、三角縁の眼鏡を釣り上げながら答えた。

「報告によれば、およそ三〇〇〇……」

「三〇〇〇だと！」

バルケーノは思わず声を荒らげた。

今にもレドベンに掴みかかりそうな勢いで、顔を赤くする。

「愚か者どもめ！　高々倍数の兵力で城塞（しろ）一つ守れないとは……。シュインツの領主は、そんなに無能だったのか？」

　バルケーノは唾棄（だき）するが、横でやりとりを見ていたルミルラは冷静だった。

「落ち着いてください、父上」

「落ち着いていられるか！　ルロイゼンに続き、シュインツまでヤツらに落とされたのだぞ。大要塞同盟の三分の一の都市が、悪魔どもに奪われたのだ。落ち着いている方がどうかしている」

「ごもっともですが、まずはお平らに……。問題はシュインツが落とされたことではありません」

「なんだと？　どういうことだ？」

「問題は一体どこから三〇〇〇の兵が現れたか、ということです」

「ルロイゼンに決まっておろう」

「恐れながらバルケーノ様……」

　レドベンが恐る恐る親子の会話に割って入る。

　ルミルラが言いたいことに気付いた参謀は説明を引き継いだ。

「我々が知り得る情報では、ルロイゼンにいる魔族の数は一〇〇〇名余りと思っておりました。そのほとんどが、魔物やアンデッドです」

「それが一気に二〇〇〇も増えたのか？　どうせアンデッドを増やしただけではないのか？」

「それは違います。報告によれば、魔狼族（ワーグ）も含まれていた、と……。また確定情報ではありませんが、第四師団師団長ベガラスクの姿もあったそうです」

「第四師団!!」

その報告には、さしもの『竜王』と言われた男も声を張り上げた。ルミルラは神妙に頷く。

「そうです。その第四師団がどこから現れたか、それが問題なのです」

魔族本国は遥か彼方だ。二、三人の魔族ならまだしも、二〇〇〇の兵が人類の支配権を抜けて、ルロイゼンにやってくるのは、どう考えてもおかしい。そもそも魔族本国から人類圏に向かう道には、人類軍の精鋭が揃う前線部隊が詰めている。たかだか二〇〇〇の兵で突破できるはずがないのだ。

仮に大軍を送り込める転送魔法を、魔族が開発したならば、たちまち内地は大騒ぎになるだろう。

「ふん。まあ、良い」

バルケーノは会議室の椅子にどっかりと腰を下ろすと、髭を撫でた。

「これで決定的だ。ちまちましていれば、シュインツの二の舞になるぞ」

「お待ちください、父上！ 相手の出方を見るべきです。それに昨日、申し上げましたが、先の反乱でまだ戦力が整っておりません。武具も満足に揃っていないというのに――」

「ならば武器の調達を急がせろ！」

「お、恐れながら閣下……」

レドベンは一度、眼鏡をかけ直し、報告書を見ながら答えた。

「武器防具ですが……。すべてシュインツに発注しておりました。今、メッツァー中の鍛冶屋に依頼しておりますが、再調達には今しばらく時間がかかるかと」

「まさか……。シュインツを狙ったのは、そのため――」

ルミルラは冷静に事態を受け止める一方、その父親は違った。

「なんたることだ!!」

机にあった灰皿を払う。煙草の灰が舞い上がる中、バルケーノは竜の炎のように息を吐き出した。

「鍛治屋に見張りを付けろ！　ヤツらを一日中働かせるのだ！　休みを与えるな!!」

「そ、それでは鍛冶師が死んでしまいますぞ」

「魔族に犯されて殺されるのと、過労死で死ぬのとどっちがいいのだ。それでも死を選ぶというなら良かろう。我自ら刃をくれてやるわ！」

「父上！　横暴が過ぎます！　先の反乱で、メッツァーでは反戦の機運が高まっているのに。これ以上、民を刺激するのはお止めください」

「口出しするな、ルミルラ！　ここは我が治める都市ぞ。それとも、ヴァルファルにもふれを出してやろうか？　大要塞同盟主都市の総領主として」

「…………」

ルミルラは反論しなかった。

大要塞同盟の主都市の総領主でも、ヴァルファルの政治に口出すことはできない。それができるのは、中央の大臣級ぐらいだろう。

つまり、バルケーノはその判断すらできないほど、怒り狂っているということだ。

だが、決してバルケーノは猪突猛進な武将ではない。時が経てば、冷静になるだろう。

戦力が整うまでの時間は、良い冷却期間となるはずだ。

それよりもルミルラには考えることがあった。難攻不落のルロイゼン城塞都市を占拠した手並み。テーランの重戦士部隊を退け、風の勇者ステバノスの死にも魔族が絡んでいる。信じがたいが、反乱軍を誘発したという憶測も、あながち間違っていないだろう。

そして今回のシュインツ攻略。世界は広いといえど、この短時間でここまでの成果を上げられる者は、人類軍にも魔族軍にもいないはず。

ただし——一人を除けば……。

「父上、私はヴァルファルに戻ります」

「ああ……」

それ以上、何も言わず、バルケーノは壁にかかった地図に視線を向ける。

別れの言葉はなく、ルミルラは少し寂しげに会議室を後にした。

✣

シュインツ城塞都市を占領下に置いたヴァロウたちは、つかの間の休息を取っていた。

領主館を接収したヴァロウは、残っていた書類を一枚一枚確認し、都市の点検を始める。

もうすぐヴァルファル、もしくはメッツァーが攻めてくるはずだ。

その前に、シュインツの財政状況や裏帳簿などを確認する必要があった。

敵を事細かく分析するのが、軍師の仕事だ。ある程度予想はついているが、あくまで予想である。

真実を掘り下げていけば、思わぬ掘り出し物があることを、ヴァロウは経験で知っていた。

書類の精査に励んでいると、ヴァロウのもとにベガラスクがやってくる。

白銀の魔狼族(ワーグ)はどこか落ち着きがなく、せわしなく尻尾を振ったり、耳を掻いたりしていた。

「どうした、ベガラスク?」

「う、うむ。ヴァ、ヴァロウよ。オレのシュインツでの活躍はどうだった?」

「活躍? ああ……。助かった。お前と第四師団がいなければ、シュインツを落とせなかっただろう。

聞いてはいたが、魔狼族(ワーグ)の制圧力はさすがだな」

「ふ、ふん……。そ、そうか。そうであろう」

ヴァロウに褒められ、ベガラスクは気を良くしたらしい。大きく胸を張り、遠吠えでもするように
鼻を掲げる。ぶんぶんと振った尻尾の毛並みはよく、もふもふになっていた。

「で……? そんなことを言いに来たのか? 俺は忙しい。次の戦さに備えなければならんのだ」

ヴァロウは書類に目を落とそうとする。

我に返ったベガラスクは慌ててヴァロウに迫った。

「ち、違う。そうではない。ううむ……。なんと言えばいいのか。褒美とでも言うのか……」

「褒美がほしいのか? それは構わんが、普通褒美というのは目上からもらうのであって――」

「いやいや、そういうわけではない!」

ベガラスクはブルブルと首を振り、同時に尻尾を振った。

「そのつまり……。け、契約だ!」

「契約？」

「そう。お前と取り交わした契約だ。あれはどうなっている？」

そこでようやくヴァロウは気付く。持っていた羽ペンを置いた。

「なるほど。焼き魚が食べたいのだな」

「べ、別に！　おおおお、オレが食べたいわけじゃないぞ。へ、兵が食べたいって言うから……。そ、そもそもお前とはそういう契約だったはずだ」

ベガラスクは素っ気ない風を装うのだが、全く以て失敗していた。

言葉では否定していても、態度ではわかるものだ。さっきから耳を掻いたり、尻尾が揺れたりしているのは、期待の表れだろう。

焼き魚を毎日食べるという契約は、余程魔狼族にとって魅力的なものだったらしい。

「わかった。心配するな。すでに補給部隊がシュインツに向けて、出発しているはずだ」

「補給部隊だと……。オレは聞いていないぞ」

「ああ……。シュインツはドワーフの街だ。まともな食糧などないとわかっていた。だから、時間差をつけて補給部隊をルロイゼンから進発させておいたのだ」

「おお！」

ベガラスクの顔がまるで子どものように輝くが、すぐに表情を引き締める。

再び第四師団の師団長としての威厳を取り戻そうとするが、すでに遅かりしだった。

「みんな、お待たせ！」

城門をくぐり、補給品を詰んだ荷馬車と一緒に現れたのは、エスカリナだった。

長旅だったにも関わらず、疲れを全く見せず、向日葵のような笑みを周囲に振りまいている。

それを見て、ギョッとしたのはメトラであった。横のヴァロウもやれやれと首を振る。

エスカリナが補給部隊に帯同していることを、この時初めて知ったからだ。

「あなた、どうして？　ルロイゼンにいるはずじゃ」

「シュインツに知り合いがいてね。ついでに会いに来たのよ」

「知り合い？」

「メフィタナさんって言って、ここの領主のはずだけど」

「あなたもメフィタナ先生を知っているの？」

「メフィタナ先生……？」

「はっ！」

メトラは慌てて口を塞いだが、言った後ではもう遅い。

エスカリナはジト目でメトラを疑った。仕方なく、ヴァロウが助け船を出す。

「メフィタナはいない。中央に連行されたそうだ」

「え？　わたし、そんなこと聞いてないわよ！」

「不名誉なことだし、お前の父が報告しなかったのだろう」

「そっか。だから、手紙を送っても返事が来なかったのね」

「そのメフィタナという人物とは、仲が良かったのか？」

「うん。面白い人よ。すっごく変わった人だけど……」

「相変わらずか……」

「ん？　ヴァロウ、何か言った？」

「そのことはいい。来てしまったのならしょうがないが、お前の役目は補給ではない。ルロイゼンの維持だ。仮にも領主代行を務めているのだから、軽はずみな行動はするな」

「……うっ。ごめん、ヴァロウ」

「あと、どうしても城塞都市の外に出たいなら、まず俺に報告しろ。報連相は基本中の基本だ」

「そうね。ヴァロウの書物にも書いてあったし。ああ。このヴァロウは、人間の方のヴァロウね」

「……………」

「ごめんなさい、ヴァロウ。今度からは気を付けるわ」

「わかればいい。補給部隊として来たのだ。部隊の手伝いをしてやれ。早々に焼き魚の用意をしないと、魔狼族（ワーグ）がお前たちの首を掻き切ることになるぞ」

「そ、それは怖いわね……。なるべく早くするわ」

エスカリナは顔を引きつらせる。

その後二、三人の兵に指示を出して、ヴァロウは領主の館に戻っていった。

ヴァロウの小さな後ろ姿を見ながら、エスカリナはある一人の男と重ねる。まだ物心さえあやふやだった頃、たまたま父に連れられた戦場で見た――あの軍師の背中とそっくりだった。

シュインツの中央広場に炊き出し場が立っていた。

本来なら、軍人以外に近づくことができないが、ヴァロウがシュインツの民にも開放したのだ。

官民交流の一環として、エスカリナが提案し、ヴァロウが許可したのである。

「おお！　こりゃうめぇ！」

「川魚はたまに食べるが……」

「海魚もうめぇなあ！」

「ああ。この塩気がたまらねぇべ」

ドワーフたちにも焼き魚は好評だ。

彼らは暇さえあれば、土を掘り、鉄を鍛っているような種族である。そのドワーフたちが、手を止め、唇の周りを白身の食べかすだらけにしながら、焼き魚を夢中で頬張っていた。

そして、この師団長もまた焼き魚の虜になっていた。

「うむ！　うまい！」

ベガラスクだ。両手で串の刺さった焼き魚を持ち、かくかくと下顎を動かして咀嚼していた。いつもは鋭い眼差しを放っているベガラスクが、無邪気な少年のように喜んでいる。他の魔狼族の評判も上々だ。シュインツの駐屯兵に対し、凶爪を振るっていた彼らも、地面に腰を下ろして焼き魚を堪能している。

中央広場には魔狼族や魔獣、補給部隊としてルロイゼン城塞都市からやってきた駐屯兵、そして裏切り者と断じられたドワーフたちまで集まっていた。

不思議な光景だった。過去において因縁ある種族たちが、同じ釜の飯を食べている。

これもヴァロウが目的の一つと掲げる種族の垣根を越えた融和の形なのかもしれない。

そんな中、一人食事が進んでいない者がいた。

今は動いていない噴水の前に腰を下ろし、焼き魚を眺めていたのは、ザガスである。

「どうしたの、ザガス？　おいしくなかった？」

三角巾を被ったエスカリナが尋ねる。

実は、ザガスが眺めていたのはエスカリナが焼いた魚であった。

味について、懸念がなかったわけではない。ルロイゼン城塞都市はすぐ近くに海があるが、シュインツ城塞都市は内陸にある。魔法を使い、冷凍保存してきたものの、ここまで持ってくるのにはかなりの時間を要している。ルロイゼンで食べられるものとは違って、鮮度が落ちるのだ。

だが、ザガスは事も無げにこう言い放った。

「飽きた！」

「へ？」

「そろそろ肉が食いてぇ……」

食べかけの焼き魚をポンと放り投げると、慌ててエスカリナはそれをキャッチする。

「ちょっと！　食糧を粗末にすると、もったいないお化けが出るわよ」

「なんだ、そりゃ。は！　そんなお化けだか、ゴーストだか知らねぇけど、いたとしてもオレ様がぶっ飛ばしてやるぜ」

理論としてはむちゃくちゃだが、ザガスならやりかねない。

エスカリナはやれやれと息を吐いた。

「お肉はまだ用意できないけど、魚の味付けを変えることはできるわ」

「味付けだぁ？」

「そうよ。魚の味付けを変えるの」

「それでオレ様の腹を満足させられるのか？」

「ええ……。自信はあるわよ。あなたたちが、魔王城に行ってる間、わたしが何もしてなかったと思ったら大間違いなんだから」

「よし。さっさとオレ様に寄越せ。中途半端なもんだったら、まずてめぇから食ってやるからな」

ザガスは吠えるのだった。


即席の厨房(ちゅうぼう)に戻ると、エスカリナは腕をまくった。

まな板に大きめの魚を載せ、手際よく切り身にし、骨ごと水を張った鍋に入れる。沸騰し、皮の部分がチリチリになってきたらお湯から上げ、一旦冷水で冷やした。

「それを食べるのか？」

「ひゃ！」

気がつくと、ザガスが立っていた。

まさか厨房まで付いてくるとは思わず、エスカリナは悲鳴を上げる。

「こ、これは臭み抜きよ」

「臭み抜き？」

「おいしくするための調理方法よ」

「ふーん。ま、どうでもいいけど、早くしろよ」

これ見よがしにザガスが、自身のお腹と共に抗議する。本人と同様に胃袋もせっかちらしい。

エスカリナは魚をよく洗い、再び鍋に入れる。その上に何か乾いた草みたいなものを置いた。

「なんだ、そりゃ」

ザガスは草を摘まみ、エスカリナの制止も無視して、口にした。

「味がしねぇ……」

「こらこら……。これは食べ物じゃないの。出汁を取るためのものなのよ」

「出汁？」

「料理をおいしくさせるための……調味料って言ったらいいのかな？」

エスカリナはもう一枚干涸らびた草を出す。

「これはね。乾燥させた海藻なのよ」

「海藻？　なんだってそんなもんを入れるんだ？　食べてもおいしくねぇのに」

「詳しくはわからないわ。でも、うちに大昔からある料理本があってね。海の料理をする時は、この海藻で出汁を取るのが一番って書いてあったのよ」

「訳わからねぇ」

「もう！　だったら厨房から出てってくれる。ただでさえ、ザガスは大きいんだから」

「わかったわかった。早くしろよ」

ザガスが厨房から出て行くのを見送り、エスカリナは調理を再開した。

先ほどの鍋に水を入れ、煮立てる。その際、皮を上にするのも忘れない。

しばらくして、お酒、砂糖、そして醤油を加えた。酒はともかく、砂糖と醤油はペイベロが本国から仕入れたものだ。海の幸がないぶん、人類の文化は陸地を中心に進化してきた。それは料理も同じことが言える。砂糖も醤油も、先人たちが陸地で取れるものを工夫し、調味料としたものだ。

すると、独特の醤油の匂いが厨房を漂い始めた。

「いい香りだわ」

「うむ。良い香りだ」

「きゃっ!!」

また突然、背後から声が聞こえ、エスカリナは飛び上がる。

振り返ると、白銀の魔狼族（ワーグ）——第四師団師団長ベガラスクが立っていた。

ルロイゼンで第四師団を迎える際、挨拶こそ済ませたが、エスカリナとはほぼ初対面に近い。

「べ、ベガラスク……さん……」

「うむ……。良い匂いがしたから、気になって来てみた」

やや自慢げに、ベガラスクは己の鼻を掲げる。

「エスカリナとか言ったか。貴様、何を作っているのだ？」

「えっと……。煮魚だけど……」

「ほう。まあ、それが何かは知らないが、一つ味見をさせてもらおう」

「残念だけど、まだでき上がっていないのよ。できたら持っていくから」

調理の邪魔になるから、とエスカリナはまた排除する。ふぅ、と額の汗を拭った。

「魔族の相手は料理を作るより大変だわ。そもそもなんでみんな厨房にまで入ってくるのかな」

興味があるのはわかるが、片手間に作れるほど、エスカリナも料理に熟達しているわけではない。

静けさを取り戻した厨房で、ようやくエスカリナは料理に集中し始める。

落としぶたをして、少し火を強め、一気に煮立てた。

「よし。あとはこれを入れて……」

エスカリナは生姜を取り出す。これも山の幸の一つで、生肉の臭味取りに使われている。

「あ！　生姜入れるんだ。ボク、生姜大好きなんだよね」

今度はドワーフの娘がやってきた。しかも、全身煤だらけである。

（この子、誰？？）

もはやエスカリナの頭の中はパニックだ。

「アルパヤ、ここにいたのか？　進捗は……ん？　もしかしてこの匂い………煮魚か？」

ヴァロウまで厨房に入ってきた。

さらに、メトラ、追い出したはずのザガスとベガラスクまで戻ってくる。

窓にはドワーフとゴブリン、足元のスライムが身体を伸ばして、鍋を覗き込んでいた。

どうやら、醤油の香りに引かれたらしい。再び厨房の人口密度が一気に上がる。

「ああ！　もう！　お料理させてよぉおおおおお!!」


小一時間後――。

「はい。煮魚ができたわよ」

シュインツの中央広場に並べられたテーブルの上に、濃い飴色に染まった煮魚が置かれた。

海藻出汁をベースに、醤油と砂糖で味付けしたスープ。

そこにキラキラと皮に照りが入った煮魚が姿をさらしている。身は見た目からわかるほど、ふっくらとしてプリプリ。白い湯気を吐き、一緒に添えられたお頭と尾ひれは、迫力満点だった。

何より匂いが堪らない。醤油の香ばしい匂いが出汁と混ざったことによってまろやかになり、代わりにつんと生姜の匂いが勢いよく鼻腔の中へと滑り込んでくる。

「「「おおっ！」」」

煮魚を待ち望んでいた魔族たちは思わず歓声を上げた。

「こいつはいい匂いだ！」

「ふん。やるではないか、娘。褒めてやる」

「うわぁぁぁぁ……。おいしそう」

「こんなの王きゅ――魔王城でも見たことがないわ」

エスカリナが作った煮魚を、魔族たちは褒めちぎる。

対して、シェフ――エスカリナはややげっそりとやつれていた。

「見た目だけじゃないわよ。味も保証するわ。あ、そうそう。これを食べる時は、これを使ってね」

エスカリナが差し出したのは、この辺りで使っている〝箸〟という食器だった。

「あんたたち、魔族は手掴みで食べるでしょ。文化の違いだから仕方ないけど、それじゃあ味気ないと思うのよ。衛生上よろしくないし。手とか毛とかに醤油の匂いを付けて戦場に言ったら、敵に笑われるわよ。だからね。こうやって身をほぐして、ゆっくりじっくり味わって食べて」

エスカリナは器用に箸を動かし、飴色に染まった身をパクリと食べた。

うん、おいしい！と満足げに微笑む。その顔を見て、魔族たちはごくりと唾を飲み込む。

それでもザガスやベガラスクは箸を使うことを嫌がるが、とにかく食べてみてという、エスカリナの熱意に押され、渋々箸を握った。

「ちっ！めんどくせぇなあ」

「ザガス、持ち方が違うわ。人差し指はこう――」

「む！　こうか？」

「そうそう。……ベガラスクさん、うまいじゃない」

「ふふん。これでもオレは魔王様の副官だからな」

「こっち見て笑うな、狼野郎」

「な！　ザガス、お前！　オレはこれでもお前よりも――」

「はいはい。食べ物の前で争わないの！　早く食べないと冷めちゃうわよ」

睨み合うザガスと、ベガラスクの間にエスカリナが割って入る。

「ちっ！　覚えてやがれ」

「お前こそな」

食べ物のため――しかもおいしい煮魚と言われて、二人は素直に手を引く。悪戦苦闘しながらようやく摘まみ上げると、白身がぶるりと震えた。魔族に恐れを成しているかのようだ。ザガスは癖なのだろうか。いつも通り大きく口を開けて、小さい白身を頬張る。

「むうぅ……!!」

先ほどまで不機嫌だった人鬼族（ワーオーガ）の顔から、怒りの色が剥がれ落ちていく。

表層に表れたのは、驚きだった。まるで狐につままれた子どものような顔をしている。

「どう？　どう？　ザガス？」

エスカリナがニヤニヤしながら、感想を尋ねた。

「うめぇ……」

ザガスはエスカリナの方を見ると。一言呟く。短い言葉の中に確かな実感がこもっていた。

戦さしか知らない魔族が、明らかに食べ物で感動している。

エスカリナも、その意味を知って少し感動してしまった。

一方で、ザガスの間の抜けた顔を見たベガラスクは笑う。

「くははは……。鬼すら言葉を失うか。興味深い。それほど、うまいものなのか」

ベガラスクもまたパクッと上顎を開き、醤油色に染まった白身を舌の上に載せた。

…………。

…………。

…………。

ベガラスクは沈黙した。黙り込んだまま一口、二口、と箸を運ぶ。

しかし、決して「うまい」とは口にしない。

魔狼族(ワーグ)の矜持(きょうじ)か、それとも単に咀嚼(そしゃく)するのに忙しいだけなのか。

ベガラスクは夢中で煮魚を堪能する。その様を見て、エスカリナはすべてを悟り、小さくガッツポーズを取った。無力な人間が、魔王の副官に料理で勝利したのである。

「私もいただいていいかしら」

「どうぞ、メトラさん」

メトラも煮魚に箸を付ける。白身を頬張ると、幸せそうな表情を浮かべた。

「うううううううんんんんん……」

熱々の白身はふっくらとしていた。

ぱさつく感じはなく、ルロイゼンから持ってきたとは思えないほど、新鮮な食感を与えてくれる。

その白身をギュッと奥歯で噛んだ瞬間、口の中に染み渡る旨みがまたたまらない。

醤油ベースの甘みも程よく上品だ。おそらく出汁の味だろう。匂いと同じくまろやかな仕上がりになり、舌を包むように刺激する。

宮廷に長く暮らしていたが、こんなにおいしく、品格を兼ね備えた料理は初めてだった。

「くやしいけど、おいしいわね、これ」

「やった！　メトラさんの舌を唸らせたら本物ね」

「おいしいよ、お姉さん。生姜も効いてるし」

「アルパヤちゃんだっけ？　ありがとう」

アルパヤも満足したらしく、骨の周りについた白身をほじくり返して、口に入れている。

煮魚は他のドワーフや魔族にも振る舞われた。シュインツの整備に当たっていたゴブリンやスライムも、手を止め、頬張る。下級の魔獣たちもピョンピョンと跳ねて喜び、補給部隊の兵士たちもまったりとした顔で、新作魚料理に舌鼓を打っていた。

エスカリナは大忙しだったが、喜ぶ魔族たちの姿を見て、疲れを吹き飛ばす。

煮魚は完売し、魔族たちは満足げに、中央広場で腹を出して寝っ転がった。

そこへヴァロウが遅れて到着する。

「ヴァロウ様、これを……」

メトラは残しておいた皿をヴァロウに差し出す。

「ああ……。例の煮魚か」

「食べてみて、ヴァロウ。おいしいわよ」

エスカリナから差し出された箸を受け取り、ヴァロウは煮魚を摘まんだ。

普段はあまり動かないはずの眉がピクリと動く。少年のような顔をして驚いていた。

「うまい……」

「ありがとう。これだけ盛況なら、従軍して補給部隊の料理長にでもなろうかしら」

「…………」

「あ、あれ？　否定しないの、ヴァロウ」

「……悪くないかもな」

ヴァロウの口元に一瞬だけ笑みが浮かんだ。

Episode. 03

Vallow of Rebellion

Jyokyukizoku ni Bousatsu Sareta Gunshi ha Maou no Fukukan ni Tensei shi, Fukushu wo Chikau

シュインツの領館で、ヴァロウは執務に励んでいた。

メトラと一緒に書類の精査をしていると、エスカリナが部屋にやって来る。

まだ帰っていなかったのか。そんなメトラの厳しい視線をかいくぐり、エスカリナは執務をするヴァロウの机の前に立った。

「ヴァロウ、お客様を連れてきたわよ」

「お客様……？」

「わたくしです……」

ふらっと執務室に入ってきたのは、ペイベロだった。

何故か、青い顔をしている。しばらく見ない間に少しやつれたような気がした。

「ペイベロ！　あなたまでシュインツに来たのですか？　はあ……全く——一体、今誰がルロイゼンを治めているのかしら？」

「気の毒とは思いましたが、兵士長に任せてきましたよ、メトラ殿。それよりも、ヴァロウ様。聡明なあなたなら、何故わたくしがここに来たか、おわかりですよね？」

「ああ……。わかっている。そろそろ来る頃だと思っていた」

羽ペンを置き、ヴァロウは机に肘を突いて組んだ手に顎を載せた。

ヴァロウとペイベロはお互い少々不機嫌そうな表情で睨み合う。

その重い空気を察したのは、エスカリナだった。

「二人ともどうしたの？　なんか顔が怖いわよ」

「ないんですよ」

「ああ……。ないな」

ヴァロウとペイベロは声を揃える一方、エスカリナは首を傾げた。

「何がないの?」

「お金です」

そしてまた同時に二人は返答する。

「お金です」

「金だ……」

執務室が静寂に包まれる。一人戸惑うエスカリナの表情は、非常に滑稽だった。

中庭の木の枝に止まった小鳥たちの囀りが、まるで人の笑い声のように聞こえてくる。

「へ？　お金って……。そんなにヤバいの？」

エスカリナは尋ねると、ペイベロは烈火のごとくまくし立てた。

「当たり前です！　ルロイゼンだけを治めていた時とは違うんですよ。今はシュインツにも、食糧を送っているような状況なんです。しかも、これから一万以上のドワーフを食わせなければなりません。いくら魚で儲けていても、今は完全な赤字なんです」

必死の形相のペイペロを見て、エスカリナとメトラは彼が何故げっそりとやつれているのか、理解した。そのペイベロの舌鋒は止まらない。

「そもそも誰ですか？　貴重な魚を大盤振る舞いして、勝手に煮魚にしたのは？　一週間分で考えていたのに、二日でなくなったってどういうことですか？」

「さ、さあ……。それは誰だったかしら。あ！　そうだ。わたし、ゴブリンに呼ばれていたんだったわ。じゃ、じゃあ二人とも頑張って！」

手を振り、主犯は執務室から出て行った。

ヴァロウは一つ息を吐く。いつの間にか机の側まで詰め寄ってきたペイベロの方を見つめた。

「案ずるな、ペイベロ。これも俺の手の平の上のことだ」

「なら、こうなる前に手を打っておいてくださいよ」

「ペイベロ、控えなさい。ヴァロウ様はあなたの上司なのですよ」

「……失礼しました、メトラ様」

「よい、メトラ。心配するな。すでに手は打っている」

「それでは、その奇策をご教示いただけますか？」

「ああ……。今から行こう」

ヴァロウは立ち上がった。

ヴァロウがペイベロを伴って、訪れたのはアルパヤの工房だ。

背の高い荒ら屋のような工房には、多くのドワーフが詰めている。

大きな魔導機械の周りで、指示を出し、アルパヤ自身も作業に入って、機械の螺旋（ねじ）を締めていた。

「な、なんですか、この鉄の塊（かたまり）は……？」

確かにそう言われても仕方ない代物だった。

新生キラビムはまだまだ開発が始まったばかり。装甲すらできておらず、大きな魔法鉱石(ミスリル)の塊から、動力を伝達するための線が伸びているだけだった。

ペイベロは眼鏡を上げ、ヴァロウを見つめる。鋭い視線には何か恨みのようなものが含まれていた。

「もしかして、最近の兵器開発費が膨(ふく)らんでいるのって」

「ああ。予算の一部をこちらに回した」

「そういうのは先に言っていただかないと!!」

「ぺ〜イ〜べ〜ロ〜」

メトラは再びペイベロに鋭い殺気を放つ。慌ててペイベロは居住まいを正した。

「失礼しました。で――これは何ですか?」

「人類を二〇〇万人殺す兵器だ」

「二〇〇万! ……これが、ですか? とてもそうは見えませんが」

「ああ。それは俺も思う」

ヴァロウはアルパヤを呼び出す。ドワーフ族の娘をペイベロに紹介した後、進捗状況を尋ねた。

「キラビムの二号機の開発状況はどうだ?」

「まだ二割ってとこかな」

アルパヤははめていたゴーグルを上げる。

「遅いな。もうすぐ戦さが始まるぞ」

「わかってるよ。でも、ヴァロウから頼まれている件もあるし」

「そっちは？」

「同じくらい……」

「じゃあ、明後日までに進捗を五割まで引き上げろ」

「えええええ……。そんな……」

「あれは次の戦いにどうしても必要だ。でなければ、キラビムの開発どころじゃなくなるぞ」

「わ、わかってるよ！　はあ～。ヴァロウの人使いの荒さは、人間以上だよ」

「人員は補充してやる。簡単なことなら、その辺でうろついているゴブリンを捕まえて手伝わせても構わない」

「わかった。頑張るよ」

アルパヤは側で作業をしていたドワーフたちを呼び出す。作業工程の変更を的確に伝え始めた。

その様子を見ながら、ペイベロは感心する。

「彼女、若いですが優秀ですね」

「ああ……」

単なる魔導工学マニアだと思っていたが、アルパヤの知識は工程の効率化、品質管理など多岐に渡る。説明もわかりやすいと、他のドワーフからも好評だ。

人間たちがシュインツを治めていた頃、ドワーフは単なる奴隷でしかなかった。しかし、ヴァロウは違う。アルパヤのような優秀な人材がいないか、シュインツに残っていた過去の作業記録を事細かに精査し、必要であれば本人と面談して、ドワーフのリーダーとして取り立てていた。

戦費の不足は確かに頭が痛い問題だ。

だが、ヴァロウはそこまで深刻に考えていなかった。

金というのは、きちんと経済活動をすれば、大なり小なり手に入れられるものだ。

が、人材は違う。手に入れたい時に、手に入るものではない。

優秀な人材は機を逸すれば、他に取られるのは自明の理である。

今、シュインツには一二〇〇〇のドワーフがいる。

これだけの数がいれば、必ず優秀な人材が三人ないし五人はいると考えていた。そのヴァロウの読みは当たり、シュインツの生産能力はすでに人間が治めた時よりも、倍増している。

アルパヤの工房を辞し、ヴァロウとペイベロが次に向かったのは鍛冶屋街であった。

ヴァロウの姿を認めると、ドワーフたちは頭を下げる。

鍛冶屋街で働くドワーフたちは、比較的年齢が上だ。

それ故、権威の恐ろしさを知っている。特に、魔族を裏切ったという気持ちが強いのか、アルパヤたちのような若い世代とは違い、やはりヴァロウたち幹部とは一線を引いていた。

ヴァロウは近くにいたドワーフを呼び止め、「例のものを見たい」と命令する。すると、鍛冶屋街から少し離れたところへ案内された。

そこにあったのは、荷馬車の荷台だ。ずらりと並べられ、その中身はすべて布に覆われ隠されている。その布を解くと、ペイベロは「おお」と反射的に声を上げた。

そこにあったのは、剣、槍、弓、あるいは鎧だった。つまりは武具である。

「これ全部武具ですか？　こんなに大量に……。しかも、質も決して悪くない。すごい……」

ペイベロは感心するが、ふと我に返った。

「いや、ちょっと待ってください。こんなに大量の武具をどうするのですか？」

ペイベロが尋ねたのも当然である。

何故なら、ヴァロウが率いる第六師団には十分武器が行き渡っている。援軍でやってきた魔狼族は武器を使わないから、そもそも必要がない。将来に対する先行投資と考えても気が早すぎるし、むしろ在庫が増えただけで、維持管理費の観点から言って完全な赤字である。

だが、ヴァロウのことだ。何か意味があると考え、ペイベロはそれ以上口にしなかった。

やがて最強の軍師は、ペイベロの予言通り口を開く。

「作ったから売る。それは当たり前の経済活動だろ？」

「それは真理ではありますが、買い手がいなければ商売として成り立ちませんよ、ヴァロウ様」

「買い手ならいるさ」

「魔族が鎚った剣など、誰が買ってくれるんです？　魔族の本国が買い取ってくれるのですか？」

「そんな遠くではない。俺たちの目の前にいるではないか」

「目の前…………？」

「しかも、そいつらは戦さのための武器を欲しがっているらしい。何せシュインツに注文していた武器や防具が届かなくなってしまったのだからな」

ヴァロウは書類をペイベロに見せる。それは人間が残していった武具の発注書だった。

「まさか……」

「そうだ。買い手は大要塞同盟だ」

「て、敵に武器を売るのですか⁉」

ペイベロは素っ頓狂な声を上げる。

「ああ……。その通りだ」

「我々に向けられる武器を、我々が売ると……」

「心配するな……」


すべては俺の手の平の上だ。

✣

「め、メッツァーに武具を売りに行く？」

エスカリナとメトラの声が執務室に響いた。

街を見回り、部屋に戻ってきたヴァロウは紅茶を啜る。

シュインツのほとんどが鍛冶場だ。他の都市と比べて空気が汚く、さらに周りが山であるため風通しも悪い。おかげで街を一回りするだけで、喉がえがらっぽくなってしまった。

その喉をヴァロウは紅茶で癒やした後、事情を説明する。

「戦費を稼がなければ、この先戦えない。シュインツを維持するのもあるが、第四師団との契約もあるしな」

「お金が必要なのはわかるけど……。いつも通り、お魚を売るだけじゃダメなの？」

エスカリナの質問に、ペイベロが答える。

「今、小売業で稼げるお金は微々たるものです。それに、そろそろわたくしの素性を怪しむ者が現れ始めました。あまり派手に商売するのはそろそろ控えた方がいいかと……」

「その点、武具は利益が大きい。需要もある。特に今は戦時下だしな」

「にしたって、直近の敵に売るのはどうかと思うわ」

「それには理由があってな――」

ヴァロウは理由を語った。それを聞き、エスカリナは目を剥く。

先に聞いていたペイベロもやれやれと首を振り、同じく聞いていたメトラも顔を輝かせた。

「さすがはヴァロウ様ですわ」

「相変わらずえげつない作戦を考えるわね、あなた」

「わたくしも聞いた時は寒気(さむけ)がしました。この作戦が成功すれば、もしかしたら戦争そのものが変わるかもしれませんよ」

ペイベロは眼鏡を釣り上げる。

「でも、メッツァーは危険じゃないの？　あそこは大要塞同盟の主都市よ。潜り込むのは容易じゃないわ。まずはヴァルファルを目指すべきじゃ……」

「いや、ヴァルファルはダメだ」

「どうして?」

すると、ヴァロウは腕を組み、書類に視線を落とした。

そこにはヴァルファル城塞都市の領主の名前が書かれている。

ルミルラ・アノゥ・シュットガレン。

その名前を見て、ヴァロウの顔が少し曇る。

「ヴァルファルには、少々厄介な相手がいる」

「厄介な相手?」

「ルミルラですか……。確かに厄介ですね、彼女は」

メトラも眉間に皺を寄せる。黙りこくった二人を交互に見つめながら、エスカリナは尋ねた。

「最近、領主になった人だから、わたしは知らないのだけど、ルミルラっていう領主はそんなに厄介な人なの?」

「ええ……。ルミルラは――」

「メトラ……」

「ああ。すいません」

メトラは慌てて口を噤む。エスカリナは首を傾げるだけにとどめた。

ルミルラはヴァロウが人間だった頃の教え子だ。その潜在能力はヴァロウも認めるところだった。

教え子故に、その弱点も熟知しているが、向こうもヴァロウを知っている。

戦うなら、メッツァー城塞都市の方が先だと考えていた。

「とりあえず、メッツァーへ行く」

「え？　もしかしてヴァロウも行くの？」

「私も聞いてませんよ、ヴァロウ様。ペイベロに任せておけばいいではありませんか」

メトラは目尻を釣り上げ、反対を申し出る。ヴァロウは首を横に振った。

「いや、さすがにペイベロだけでは荷が勝ちすぎている。能力を疑うわけではないが、今回の交渉は難しいものになるだろう」

「一人で十分――と格好をつけたいところですが、ヴァロウ様の言う通り。少々わたくしには荷が重すぎます」

「それに……。お前が欲を出さないか見張る必要もあるしな」

ペイベロは商人だ。利があれば、そちらになびく可能性もある。そのお目付役というわけだ。

「ああ……。やはりそういう意味もありましたか。やれやれ。まだ信用されていないようですね。馬車馬のように働いているというのに……」

「では、私も行きます」

「いや、メトラは残ってくれ。あまり大所帯で行きたくない」

「しかし――」

「お前には饗応役を命じる」

「饗応役⁉」

「ああ。おそらくだが、俺がいない間、客がここに来るだろうからな」

ヴァロウは執務室にかかった地図の方を見ると、ある地名に視線を注ぐのだった。

✠

ヴァルファルに戻った領主ルミルラは、私室の机に座り、考えに耽(ふけ)っていた。

時間は夜――黄金色に輝く月が空を支配し、月光がルミルラの私室を照らしている。

その薄暗い部屋で、ルミルラは机に広げた一枚の地図をじっと見つめていた。

頬杖を突き、時折机を指で叩く。それは長年恋い焦がれた恋人を待っているように見えた。

「決めた」

突然ルミルラは立ち上がり、私室を出ていく。夜番の兵士に見つからないように館をこっそり抜け出し、向かったのは、スライヤがいる厩舎(きゅうしゃ)だった。

そっと戸を開けると、翼を畳んで休んでいたスライヤが反応する。

長い首を持ち上げ、ふごっと興奮したように鼻を鳴らした。

「しー」

ルミルラは指を口に当てて、スライヤを鎮める。

飛べる？　と囁くと、その期待に応えるように飛竜は翼を広げた。

「ありがとう。いい子ね、スライヤは。主とは違って……」

目を細め、スライヤの鼻頭を撫でた後、鐙を載せ、その背に跨がった。

首を叩くと、スライヤは走り出す。厩舎を抜け、月が版図とする夜空へと舞い上がった。

スライヤは首を曲げて、ルミルラに行き先を尋ねる。

「行き先はシュインツよ」

『ぐおおお……』

「そう。今は魔族が支配しているの。でも、会ってみたくなっちゃった」

私の大好きな軍師と同じ名前の魔族に……。

✥

メッツァーの衛兵は差し出された通行手形を確認すると、次に本人たちに鋭い視線を送った。

商人と書かれた通行手形を差し出した二人組の男たちの手には、一切商材のようなものがない。荷馬車すら引いていなかった。

「どこから来た？」

「シュインツです」

頭に三色のターバンを巻いた長身の男が答えると、たちまち衛兵の顔色が変わった。

「シュインツ……？　あのシュインツ城塞都市か？」

「そうです。聞いてくださいよ、衛兵さん。シュインツで商売をしていたら、いきなり魔族が襲いかかってきましてね。命からがら逃げてきたんですよ。おかげで儲けはゼロです。とほほほ……」

やや芝居がかった動きと語りを聞いて、周りの衛兵たちは「がははは」と笑った。

人の不幸話が好きなのだろう。妙にいやらしい表情を浮かべ、大笑いしている。

「そういうことか。大変だったな。通っていいぞ」

衛兵は手で合図を送り、二人組の商人を通した。

「どうも」と胸に手を当て、長身の男がお辞儀し、門を通過しようとしたが。

「きゃあああああ!!」

突如として上がった悲鳴を聞き、二人組の男は振り返った。女と衛兵が何か言い争っている。

側には子どもがいて、苦しそうに息をしていた。

「お願いです！　せめて薬だけでも!!」

「ダメだ！　お前らはゴドーゼンの住民だろう!?　反乱に荷担した都市の住民は誰も入れるなという
お達しだ！　命があるだけでも有り難く思え！」

「そんな！　私は反乱に荷担してません。巻き込まれただけです！」

「関係ない!!　そもそもそれを証明できるのか？」

「それは――」

「できないだろう。さあ、行った行った!!」

「ダメなんです。早くこの子に薬を与えないと……」

「うるさい！」

衛兵はとうとう母親に手を上げた。子どもは母親を心配して駆け寄るも、逆にすがりつくように倒れてしまう。その様を見ても、衛兵はふんと鼻を鳴らすだけで、態度を改めようとはしなかった。

「ゴドーゼンからの難民ですか？」

長身の男が尋ねると、目の前の衛兵は少々めんどくさそうに兜を撫でる。

「ああ。反乱後、難民があぁしてやってくるんだ。だが、メッツァーでは難民を受け入れていない。彼らは全員反乱軍ということになっているからな。ははっ……。馬鹿な連中だ。お上に逆らっても、なんの得にもならねぇってのに」

衛兵はししし、と鼠のように背中を丸めて笑う。

「さ！　あんたらはあっちだ。行け」

「はい。ありがとうございます。行きましょう、ヴァロ――じゃなかったヴァル」

長身の男が振り返る。だが、すぐ後ろに控えていたはずの連れの姿が消えていた。

辺りを見回すと、先ほど衛兵といざこざを起こした親子の側に立っている。

倒れた女を起こし、子どもの病気の具合を診ていた。

「この薬を飲め……。後は十分な栄養を取れば持つはずだ」

連れは硝子瓶に入った薬と、パンを衛兵たちに見えないように渡す。

「足りないようなら森に行け。今の時期の獣は大人しいから、襲われる心配はない。マザランというブツブツとした赤い実が食べられるだろう。それで飢えをしのげ」

「あ、ありがとうございますありがとうございますありがとうございます」

母親はぶわっと涙を流し、念仏でも唱えるように感謝の言葉を繰り返した。

人間の感情が激しく露わになっても、男の表情は変わらない。

「衛兵に見つからないように早く隠せ。そら！　早く行け――」

「ありがとうございます。ありがとうございます」

母親は言われた通り、薬とパンを隠す。子どもを担(かつ)ぎ、メッツァーの城門から離れていった。

「お前、今あの親子に何をした」

「ヤツらは反乱に荷担した者たちだ。ヤツらを助けるなら、反乱に荷担したのも同然だぞ」

衛兵たちは男に槍を構える。

すると、男は振り返った。ヘーゼル色の瞳を光らせ、衛兵たちを睨む。

「「「――――ッ!!」」」

瞬間、衛兵たちは凍り付いた。自然と槍を持つ手が震え、顔が引きつりそうになるのをなんとか堪える。入城を待っていた他の人間たちも妙な緊張感を察した。異様な雰囲気に飲み込まれると、否応なく沈黙に支配されていく。

「これは失礼しました」

沈黙を打ち破って、衛兵の前に現れたのは、長身の男だった。

「うちの連れが大変失礼をば……。ここはどうか、これで――」

長身の男は衛兵の手をギュッと握ると、衛兵は満足そうに顔を歪めた。

「ふん！　気を付けろ！　とっとと行け!!」

手で追い払う。長身の男は連れの手を引き、ようやく市街地の方へと歩き出した。

幅の広い城門を歩きながら、長身の男はおもむろに口を開く。

「危ないことをなさりますね。気持ちはわかりますが、それは偽善というものです。お忘れですか、反乱を煽ったのは我々なのですよ」

「………甘い、と思うか？　ペイベロ」

「いえ……。ただ時々、あなたが人間のように見えて仕方がない。そうやって、角を隠しているお姿を見ると、特に……」

「………」

「ザガスさんや、あのベガラスク師団長は、生粋の魔族だと思います。ですが、あなたとメトラさんはどこか違う」

「そうか……」

ヴァロウはそれだけ行って、城門をくぐる。

瞬間、わっと押し寄せるような人の声が耳朶を打った。

所狭しと人が溢れ、露店が並び、盛況な声が響いている。人、人、人だ。城門近くにまで店が並んでいる。普通は警備の関係上、どこの城塞都市も城門近くの商売は許されていない。住居も同じである。それでも堂々と露店が並んでいるところを見ると、衛兵に金でも握らせているのだろう。そもそも買い物している者の中には、衛兵の姿がある。賄賂が横行していることは明らかだった。

これが大要塞同盟主都市メッツァーの姿だった。

人口はおよそ四八〇〇〇人。対してその面積は、さほど広いというわけではない。同盟都市の中では大きいが、三万人を超える都市の中では小さい方だろう。人口過密は喫緊の課題だ。

「相変わらず、人だらけですね」

「メッツァーに来たことがあるのか？」

「元々上得意様ですからね、メッツァーは。あ……。でも、私のつては諦めてくださいよ。お上の息がかかってますからね」

「わかっている。最初から当てにしていないから心配するな」

「商人として、その言い草は若干傷つきますな。……それで、ヴァロウ様。これからどこへ行かれるのですか？　メッツァーは初めてとのことでしたが」

メッツァー城塞都市は比較的新しい都市だ。

軍師時代のヴァロウがルロイゼンを攻略した後に、ルロイゼンよりも利便性がよく、大きな要塞を作る構想が持ち上がった。そうして造られたのがメッツァー城塞都市である。

最初期こそただの要塞で、四万人も住めるような都市ではなかった。

最前線が上がったことによって、橋頭堡としての有用性が下がり、移民を募る度に、拡充してきたのだ。

その名残がメッツァー城塞都市を代表する三枚の城壁である。

先ほどくぐった城門のさらに内側に、二枚の城壁がほぼ等間隔に配置されている。

これはメッツァーを守るためではなく、都市の発展とともにできあがったものだった。

「ルロイゼンの三段城壁と比べると見劣りはしますが、メッツァーの城壁もなかなか壮観ですね。あの壁は厄介ですよ、ヴァロウ様。どう攻略するつもりですか？」

「攻略はしない」

ペイベロの質問に、ヴァロウは簡単に切って捨てる。

肩すかしの返答にペイベロが目を瞬かせると、ヴァロウは補足した。

「少数は我らの方だ。メッツァー軍が籠城するとは考えにくい。それにここの領主がそれを良しとしないだろう」

「メッツァー城塞都市領主バルケーノ・アノゥ・シュットガレン。別名『竜王』ですか。昔は猛将と名を馳せた竜騎士だそうですが……。確かに籠城は考えにくいですね。しかし、メッツァーには竜騎士部隊がいます。野戦で勝つのは難しいですよ」

「そのために、ここに来たのだ」

ヴァロウの言葉は力強い。そして負けることを微塵も感じていない様子だった。

すると、ペイベロは不意にぶるりと背筋を振るわせ、二の腕をさする。

「ヴァロウ様、先ほどから妙な気配がするのですが、わたくしの勘違いでしょうか？　誰かに見られているような……。まさか見張られている？」

ペイベロは後ろを振り返るが、誰もいない。ちょうど今二人は、大通りから外れた裏路地を進んでいた。荒ら屋が並ぶ下町の一角で、比較的薄暗い通りが続いている。

その暗く、静まり返った通りを見て、ペイベロは思わず息を呑んだ。

「心配するな。追っ手はない」

「では、わたくしの勘違いでしょうか？」

「いや、あながち間違ってはいない」

ヴァロウもまた誰かに見張られているような感覚を感じていた。しかし、それはヴァロウたちだけに向けられたものではなく、街全体が見張られているような感覚に近い。

（大きな覇気のようなものを感じる。まるですべての領民を包むような……）

これが『竜王』バルケーノか、一人心の中で呟く。

ヴァロウはバルケーノの現役時代を知っている。勇者のような特異な能力はなかったが、猛将という言葉にふさわしく、鬼神のように魔族を打ち払い、十万の魔族を蹴散らした。

メッツァーから感じる覇気が、本当にバルケーノのものであるなら、いまだその力は衰えていないということになるだろう。

とはいえ、猛将一人いても、戦略と戦術の前には無意味――というのが、ヴァロウの持論である。

たとえ、バルケーノがどんなに化け物であっても、決して自分の手の平からは逃さない。

ヴァロウにはその自信があった。

バルケーノ・アノゥ・シュットガレンは、宮殿ブロワードでもっとも高い位置にあるバルコニーに立ち、メッツァーの街を見下ろしていた。

鼠色の髪と、紫紺のマントを揺らし、テラスに両手をついている。

目をかっと開き、街を眺めているというよりは睨み付けていた。

その口が突然開き、歯茎を剥き出す。力を入れすぎたのか、口の奥で歯が欠けたような音を鳴った。

「ここにいましたか、閣下」

殺気に近いオーラを纏う領主に声をかけたのは、参謀兼大臣のレドベンだった。

早速、持っていた書類を捲り、最新の情報を報告しようとする。

だが、その前にバルケーノが口を開いた。

「鼠が入り込んでおるぞ」

「はっ？」

「出るぞ」

「え？　いや？　どこへ？」

「決まっておろう……」

戦場よぉ……。

✣

「止まれ」

ヴァロウとペイベロは同時に立ち止まった。ゆっくりと振り返ると、路地裏の狭い空の下に、二人の衛兵の姿があった。下品な笑みを浮かべ、ヴァロウたちの方に近づいてくる。

よく見れば、先ほど城門の前で入城検査をしていた衛兵たちであった。

「ど、どうされました、衛兵殿？　我々に何か落ち度が……」

ペイベロが営業スマイルを浮かべながら、揉み手をする。

「別に……。何もねぇよ。ただ――」

「ただ――。なんですか？　もしかして懐の物が少なかったでしょうか？　生憎着(あいにく)の身着のまま逃げてきたので、あまり、そのぉ……」

「金って言えよ。そうだな。それもいいかな。けどよ。俺たちは別のもんがほしいのよ」

「別のもの？」

すると、もう一方の比較的大柄な衛兵が鼻息を荒くする。

ペイベロが賄賂を渡した方の男だ。

「さっきお前の手……。すっげぇ柔らかかったのよ」

「はっ？」

「げへへへ……。わかんねぇかなあ……」

衛兵の鼻息はどんどん荒くなり、顔を赤くして目を血走らせた。

ペイベロは一歩退く。すでに何を言っているのか、察していた。

「あはははは……。勘違いしてるようですが、私もこの弟も、立派な男でして。あまりご期待に添えないかと……」

「それがいいんじゃねぇか!!」

大柄な衛兵は叫び、その横で小柄な衛兵が鼠のように笑う。

「おれたちはよぉ。飽きてんだよ」

「飽きてる？」

「反乱の時によぉ。女は粗方食い尽くしたからよ」

「まさか……。略奪したのですか？　同胞ですよ？」

そもそも略奪は禁止されており、荷担した者、指示した者問わず極刑だ。

だが、それを聞いても、衛兵たちの表情は変わらなかった。

「古くせぇ考え方だな。そんな昔の法律、本国だって守ってねぇよ。そもそも人に仇（あだ）なす者すべてが魔族なんだろ？　あの反乱軍はな。人間の顔をした魔族なんだ。だから、何をしたっていいんだよ」

「誰がそんな……」

「決まってるだろ。上だよ、上」

「上……。バルケーノ様がお認めになったと言うのですか？」

「馬鹿にするわけじゃねぇが、バルケーノ様だって結局地方の一領主だ。おれたちが上って言ってるのは、その言葉通りの意味だよ」

上級貴族様さ……。


衛兵はニヤリと笑う。その醜悪な笑みに、ペイベロの営業スマイルは崩れた。

対して、横のヴァロウは依然として無表情である。

「だからさ。普通の女は抱き飽きてんのよ。つってもまだまだ正常でお盛んなヤツはいるけどな。さっきの親子もどうなってることやら。今頃、母親は子どもの前で性教育を教えているだろうよ」

「あなたたちは、本当に人間なのですか⁉」

普段、冷静なペイベロが怒りを滲ませる。

しかし、すでに壊れた衛兵の心には届かない。また鼠のように笑い、頭を掻いた。

「ししっ……。おれたちもよくわかんねぇわ。ただ可愛い顔した兄ちゃんたちの具合を知りたい……。

それだけなんだよ」

「も、もう！　お、おおおおれ、我慢できない‼」

大柄な衛兵が猛獣のように飛びかかってきた。

ペイベロのは「ひぃ！」と悲鳴を上げ、尻餅を付くことしかできない。

だが、この男は違う。

ジャッ!!

鮮血が壁に貼り付く。

ペイベロが顔を上げた時、大柄な衛兵は両腕を開いた状態で固まっていた。

見た目の外傷はほとんどと言っていいほどなく、ただ鎧に小さな穴が開いているだけだった。ただし肋骨を突き破られ、中の物が抉(えぐ)り取られている。直後、大きな音を立て巨体が地面に沈んだ。

「ひぃいいぃいぃいぃいいぃいぃいいぃいぃいい!!」

甲高い悲鳴を上げたのは、もう一人の衛兵だった。

腰を抜かしながら、ヴァロウが手に持った物を指差す。

心臓である。男の心臓が、生き物のようにビクビクと痙攣(けいれん)し、時折血を吐いていた。

衛兵は気付く。心臓を持った手には鋭い爪が伸び、その頭には角が生えていることに。

「もしかして、お前……。魔ぞ――」

言い終わらぬうちに、ヴァロウは衛兵の首を掻き切っていた。

ほんの刹那の間に、二人の衛兵を葬り去る。

その情け容赦のない姿に、ペイベロはひたすら圧倒されていた。そして改めてヴァロウが魔族であるということを認識する。若輩であっても、ヴァロウは魔王の副官なのだ。

(先ほどの人間らしいといった言葉を、撤回しなければなりませんね)

ペイベロはようやく立ち上がる。

裏路地に溜まっていた泥が長衣にべったりと付いていた。

息を吐き、今一度冷静さを取り戻すと、ようやくヴァロウに向かって口を開く。

「ヴァロウ様……。ここは敵地ですよ。いくら衛兵とは言え、痕跡を残すのは……」

ヴァロウは指をくいっと曲げた瞬間、火の柱が立ち上がる。

Aランクに匹敵する炎属性魔法だ。それを無詠唱で始動させ、二つの死体を焼き払った。

高温の炎は骨まで焼き尽くし、さらに細かな灰を風の魔法で吹き飛ばす。壁についた焦げ痕も水の魔法であっという間に浄化してしまった。現場から綺麗に痕跡が消える。

「これで問題なかろう」

いつも通りの指揮官の無表情を見て、ペイベロはターバンの上に手を置くと、「やれやれ」と肩を竦めた。そして足早に二人は現場から離れる。その道すがら、普段世間話など全くしないヴァロウが、口を開いた。

「ペイベロ、商材を管理する上で一番重要なことはなんだ？」

「なんですか藪から棒に……。わたくしを試しているのですか？　……そうですね。色々ありますが、やはり作らせすぎない――ということでしょうか？」

「理由は？」

「なんだか学校じみてきましたね……。理由は大きく二つあります。在庫を持てば、維持管理が必要ですし、お金の回収が遅れれば余計な金利を払わなければなりません。二つめは数が多ければ、それだけ市場価値が下がるということです。商人にとって重要なのは、商材を売ることではありません。商材の中の価値を理解し、価値を売ることです。商材を売るだけなら、その辺の子どもでもできますからね。故に安易に市場価値を下げてはいけないのです」

　ペイベロは饒舌に語る。商売の話だからだろう。

　若い故に、こうした理論じみたことにこだわっているのかもしれない。

　少々熱く語りすぎたのを自覚したのか、ペイベロは咳払いをした。白い頬を染め、話を締める。

「要はほどほどに、ということですね」

「正解だ。さすがだな」

「ヴァロウ様はお忘れかもしれませんが、まがりなりにもわたくしも商人の端くれです。これぐらい初歩中の初歩――とはいえ、その初歩を知らずに、商売をしている人間はいくらでもいますがね」

「国――特に政を司る人間も同じだ。その初歩中の初歩を知らない」

「…………」

「人間も商材も一緒なのだ。多くなれば、多くなるほど人の価値が下がる。だから、人間を人間とも思わない輩が出てくるのだ」

「先ほどの衛兵のように……ですか」

「ああ。特にこの人口過多のメッツァーではな」

　ヴァロウとペイベロは足を止める。

　裏路地を抜けると、現れたのは嵐が来れば吹き飛ぶような荒ら屋が並んだ区画だ。大通りの華やかさからはかなりかけ離れている。行き交っている人間の服装、髪型まで違っていた。下水も整備されておらず、汚物が垂れ流しのまま放置されていた。当然、病が蔓延しているらしい。子どもが欠けた椀を掲げ、物乞いし、その横で白骨化した小さな遺体が横たわっている。

ペイベロは眉間に皺を寄せ、ヴァロウはその光景を無感情のまま見続けていた。

「これがメッツァーの人間の価値だ」

「ヴァロウ様なら、この現状をどう改善なさりますか？」

「焼き払う……」

「え⁉」

ペイベロは思わずギョッとして、聞き返した。

ヴァロウならば、もっと抜本的な解決策を提示してくれると思ったからだ。

「忘れたのか？　俺は魔族だぞ。人類の救世主ではない」

「ごもっとも……。では、彼らが魔族であるならばどうしますか？」

「余剰戦力があるぐらいなら、戦場に投入する」

「なるほど。それもごもっとも……。ですが、わたくしが言いたいことがそういうことではないことぐらい、ヴァロウ様もご承知の上でしょう」

「この問題に何が最善なのかなど、俺にもわからん。ただ二つ言えることがある」

「二つ……ですか……」

「一つは人口調整のための手段として戦争を選ばないこと。時々、戦争をそのような手段として考える輩（やから）がいるが、それはもはや戦争ではない。単なる虐殺だ」

「なるほど……。二つめは？」

ヴァロウは立ち止まる。わざわざペイベロに振り返ると、ヘーゼル色の瞳を閃かせた。

「一人一人が己の命の価値を認識することだ……」

そう言って、ヴァロウはまた歩き出し、ペイベロは自分よりも小さい魔族の背中を追いかけた。

しかし、すでにたくさんのものを背負い込んでいるように映った。

ヴァロウはまだ十五歳の魔族と聞く。

命の価値……。

それを生かし、時に切り捨てるのが軍師の役目だ。それ故、ヴァロウの言葉はひどく矛盾している。

でも、彼はその矛盾すら背負い、命と戦っている。

少なくともペイベロにはそう見えていた。

✣

衛兵たちが森の中で死んでいた。

その頭には矢が刺さっている。カッと口を開けた表情から見て、笑ったまま死んだのだろう。

それを見ていた母親はカチカチと歯を鳴らし、骨が軋むぐらい子どもを抱きしめていた。

「お怪我はありませんか？」

手に弓を持った銀髪の美しい女性が現れる。

母親が驚いたのは、その直後だ。女性の後ろから、何匹ものゴブリンが茂みの奥から出てくる。

母親は子どもをさらにギュッと抱いた。この異様な状況をなんとか理解しようとしたが、無駄な努力に終わる。

「大丈夫ですよ。私たちは味方ですから。……あら？　ちょっと失礼――」

銀髪の女性は母親が持っていた薬瓶を取り上げる。

そこには文字が刻まれていた。


ルロイゼンで保護してやれ。


銀髪の女性はふっと息を吐き、笑みを浮かべた。

「さすがヴァロウ様……。あの人の手の平の上からは逃れられないわね」

銀髪の女性――メトラは、上司の偉大さを再認識する。

その後ろから棍棒をかついだ大柄な人鬼族（ワーオーガ）が現れた。ザガスだ。

「よう。いいのか、メトラ。お前は残れって言われたんだろ。えっと？　なんだ？　きょうおうやくってのを命じられたんじゃねぇのかよ」

「その仕事なら、エスカリナに押し付けてきたわ。それに、あなたに言われたくないわよ、ザガス。あなただって、居残り組のはずよ」

「オレ様はお前みたいな優等生とは違うからな。それに『竜王』ってヤツにも興味があったし。んで、これからどうすんだ？　メッツァーに殴り込みに行くのか？」

「ひとまず待機よ。この親子はゴブリンに任せましょ。今、私がここを離れるわけにはいかないし」

「チッ！」

ザガスは舌打ちし、どっかりとその場に座った。

今、メトラが離れれば、ザガスは間違いなくメッツァーに突撃するだろう。ヴァロウが立てた作戦を無茶苦茶にさせないためにも、ここでザガスを監視しておかなければならない。

（それに……。何か嫌な予感がする。ヴァロウ様、どうかご無事で……）

メトラは森の茂みの中から、改めてメッツァー城塞都市を見つめた。

✥

ヴァロウ不在のシュインツ城塞都市が、にわかに騒がしくなる。

最初に見つけたのは、第四師団の魔狼族(ワーグ)の兵だった。

魔族が占拠し、今や浮浪者すら近づかない危険な城塞都市となったシュインツに、大きな影が映る。

城壁の上から見上げていた魔狼族(ワーグ)は、それが悠々と城壁を越え、真っ直ぐシュインツ城塞都市の領館に向かっていくのを見送るしかなかった。

敵襲、とばかりに鐘が鳴らされ、音を聞いたドワーフたちが慌てて鍛冶場から飛び出してくる。

アルパヤも工房から出てゴーグルを外し、城塞都市の上空を滑空する影を見て、顔を輝かせた。

「飛竜だ！　初めて見た!!」

子どものようにはしゃぎ回ると、ゴーグルと厚手の手袋を外して館へ向かうのだった。

さて、その飛竜は領館の中庭に降り立った。

警備の魔狼族(ワーグ)が慌てた様子で配置につき、あっという間に飛竜を取り囲む。

そこにやって来たのが、白銀の魔狼族(ワーグ)——ベガラスクであった。

「オレは第四師団師団長ベガラスクだ。ここシュインツは魔族が占拠した。単身でやってくる度胸は褒(ほ)めてやるが、無謀だったな。お前の命はここで終わりだ」

紅蓮に染まる瞳で、敵と思われる飛竜を睨む。だが、飛竜も負けていない。魔狼族(ワーグ)に対して一歩も退かず、睨み返してきた。鼻息をふっと吐き、興奮した様子で長い首を動かして威嚇(いかく)する。

「驚かせて申し訳ありません。しかし、こうして侵入しなければ、お目通りは叶わないと思いましたので、勝手は承知の上で、飛竜にて乗り付けさせていただきました」

緊迫する空気の中で、落ち着いた声が響く。

ゆらりと黒髪を揺らし、人族の女が地面に降り立った。

まるでスカートの裾でも摘まむように穿いていたパンツの生地を掴むと、典雅に頭を下げる。

「私はヴァルファル城塞都市の領主ルミルラ・アノゥ・シュットガレンと申します」

「なに！　ヴァルファルの領主だと!!」

ベガラスクは目を丸くする。が、すぐに落ち着きを取り戻し、上顎を大きく開けて笑い始めた。

「くはははは!!　まさかヴァルファルの領主が一人でやってくるとはな。飛んで火に入る夏の虫とはこのことよ。――――やれ！」

　ベガラスクは問答無用に指示を出すと、周りの魔狼族（ワーグ）の兵が爪を立てた。

「待って!!」

　声がかかる。魔狼族（ワーグ）の合間を抜け、エスカリナが現れた。

「なんだ、娘？　邪魔をすると言うなら、お前も食いちぎるぞ、人間」

「彼女はヴァロウの客人よ」

「ヴァロウの？」

「はい。私はここの領主となられたヴァロウ様に会いに来ました。いらっしゃいますでしょうか？」

　敵地の真ん中で、ルミルラは屈託のない笑顔を浮かべるのだった。

✣

　かすかな煙と硫黄の匂いがする。

　鼻に突く匂いのおかげで、ペイベロはヴァロウがどこを目指しているのかがわかった。

　おそらく鍛冶街だ。メッツァー城塞都市にも鍛冶屋が並ぶ鍛冶街が存在する。

　シュインツに比べると規模は小さいが、メッツァーの兵器補修を一手に担（にな）っていた。

　角を曲がれば、鍛冶街というところまで来て、ヴァロウは足を止める。

「どうしました？」

ペイベロは尋ね、ヴァロウはただ黙って人差し指を唇に当てた。

そっと角から顔を出すと、鍛冶街の入口に兵士が立っているのを確認する。

それだけではない。鍛冶屋の前には、一軒につき一人の兵士が立ち、中の鍛冶師を見張っていた。

すると突然怒鳴り声が聞こえる。鍛冶師が店から引きずり出され、兵士に金鎚でぶたれていた。

「何をしているのでしょうか？」

「大方、鍛冶師に休まず武具を打たせているのだろう。兵士はその見張りだ」

「無休ですか……」

「シュインツの武具が入ってこないとわかったのだ。領内で作製するしかない」

「戦争が近いとはいえ、そこまでやりますか」

「バルケーノならやるだろうな」

「どうしますか、ヴァロウ様？」

ペイベロは鍛冶街の臭いを嗅いだ時、ヴァロウの考えに気付いていた。

おそらくだが、メッツァーの政府やその御用商人に売るのではなく、直接鍛冶師に武具を売ろうと考えているのだろう。

今、もっとも武具を必要としているのは、休まず働かされている鍛冶師たちだ。自分たちで作った武具と、ヴァロウたちが持つ武具。合わせることができれば、鍛冶師たちも休むことができる。

軍内部では厳しく管理されている武具も、末端となれば案外緩いものだ。鍛冶師たちも寝ずに働かされたとあっては、メッツァー政府に対して不満を抱かずにはいられない。得体の知れない商人であっても、違法であろうとも、売買に応じるだろう。

「考えはわかりましたが、兵士たちがこう目を光らせていては……」

「問題ない」

「ヴァロウ様の狙いは鍛冶師に武器を売却することでしょう？」

「いや、違うな」

「え？」

「ペイベロ、商人であるお前の出番だ。今から話す商談を成立させろ」

ヴァロウは説明を始めた。


「こんにちは」

ペイベロは兵士たちの前に出て行く。にこやかに挨拶し、気さくに手を上げた。

だが、兵士たちはペイベロの方を向くなり、槍を突きつける。

眉間（みけん）に皺（しわ）を寄せ、明らかに警戒した様子を見せた。

「なんだ、貴様は？」

「わたくし、旅の商人でして。ルベネイと申します。こちらはヴァル。以後お見知り置きを……」

大仰に手を振って挨拶すると、衛兵は胡散（うさん）臭そうにルベネイと名乗ったペイベロを睨んだ。

どうやらここの責任者らしい。一人兜の飾りが違っていた。

「旅の商人が何の用だ？　もしかして買い付けか？　ダメだ。今はここの鍛冶街はメッツァー政府が管理している。他を当たるんだな」

「いえいえ。内情は存じております。先ほど、ちょうど政府の担当の方とお会いしまして……」

「なんだ？　では、武具を売ってきたのか？」

「それが……。実は、我々の商品は気にくわないと」

「気にくわない？」

「実はわたくしが扱っているのは他国の中古品でして。といっても、すでにメンテナンスされたもので新品同様です。しかし、担当者はなかなか手強いお方でしてね。中古ではダメだと」

「中古がダメなわけではない。他国の中古品で昔、トラブルがあってな。些細なものだったが、ちょうど事情を知ったバルケーノ様の逆鱗（げきりん）に触れたのだ。以来、大要塞同盟の中で作られたものしか、中古品の販売は認められなくなったのだ」

「手厳しいですね、バルケーノ様は」

「閣下は猛将だ。武器の品質にはうるさい。大要塞同盟の総領主となられた際、その品質基準を事細かに決める法律を作ったぐらいだからな」

「やはり噂に違わぬ厳格な方のようですね。聞きましたよ。もし、期日内にノルマを達成できなかったら、鍛冶師のみならず、その担当者全員も処分すると……」

　ペイベロが囁（ささや）くと、責任者は目を剥いた。

「ま……。待て！　一体どこからそんな――。我々を処分する？」

「おっと……。これは失礼。てっきりお耳に入っていることかと……」

処分――という言葉に、他の兵士たちも過剰に反応する。

鍛冶屋の見張りをやめて、ペイベロを囲むと、事情を説明しろと騒ぎ立てた。

ついに責任者はペイベロの胸ぐらを乱暴に掴む。

「落ち着いてください、みなさん。聞いたのは、その担当者からです。……処分というのは、明確にはお示しになられなかったのですが――」

ペイベロは言葉を濁したが、やがて首を切るような仕草をして見せた。

たちまち兵士たちの顔が青くなる。責任者もペイベロから手を離した。

「き、聞いてないぞ、そんなこと……」

「左様ですか。言いにくいことですからね。……しかし、おそらく事実でしょう。わたくしも行き過ぎとは思いますが、どうやらバルケーノ様からのお達しのようです」

「か、閣下の?」

「あ、あり得る……」

「ああ。おれたち殺されるのかよ」

戸惑う者。憤然とし鼻息を荒くする者。頭を抱え祈る者。震える者。鍛冶師たちに向かって無闇に怒鳴り付ける者。兵士たちの反応は様々だが、彼らも薄々気付いてはいたのだろう。

このノルマを達成することが難しいということを。

いくら休まず作らせたところで、時間は有限だ。一日の時間が延びることはない。

どれだけ生産力を上げても、一日に出来上がる武具の個数には限界がある。

それがわかっているからこそ、兵士たちは絶望した。

「お困りのようですね」

「当たり前だ！　このままでは我々は――」

「大丈夫ですよ。一つだけ方法があります」

ルベネイことペイベロは人差し指を一本立てた。

「わたくしの中古品を買っていただけないでしょうか？」

「な――！　貴様の!!」

下を向いていた責任者は顔を上げる。

おお、と他の兵士たちも、ペイベロの提案にどよめいた。

「はい。実は、メッツァーが武器を欲しているとお聞きし、これ幸いとたくさんの中古武具を仕入れてきたのはいいのですが、そのすべてをお断りされまして。今のままでは完全に大損なのです」

すると、責任者は意地悪く笑った。

「なるほど。お前にもメリットがあるということか？」

「仰る通りです」

「わかった。まず物が見たい。お前の荷馬車がどこにある？」

「城壁を越えた森に隠してあります」

「なんだ。城塞内ではないのか？」

「稼いだ金で経費はまかなおうと考えていたので」

「駐車代も払えんか。よかろう。お前たちは、ここで鍛冶師どもを見張ってろ」

責任者は指示を出す。

ペイベロたちとともに、城壁の向こうの森へと向かった。


森には五台の荷車が置かれていた。すべて布でくるまれている。

そのうちの一つの荷を解き、ペイベロは兵士に中身を見せた。

現れたのは木箱である。その蓋を開け、一本のロングソードを取り出す。その綺麗に磨かれた刀身を見て、責任者は目を輝かせた。

「おお！」

声も上がるだろう。何せ、この武具が自分たちの命を繋ぐかもしれないからだ。

一振りの剣を握り、その刀身を確認した。

「ほぼ新品ではないか。それもこの輝き。相当な業物と見るが……」

「ご満足いただけて何よりです」

「ふふ……。これならおれが欲しいぐらいだ。良かろう。買おう」

「ありがとうございます。……では、新品の値段の六割でいかがでしょうか？」

「高い。五割にせよ」

刃を見ながら、責任者は値切ってくる。

ペイベロはこめかみをピクリと動かした。六割だって市場価格を見れば安い方なのだ。それを知らずに、反射的に値切ってくる輩が、ペイベロはこの世で一番嫌いだった。

喉元まで「バカヤロー」と声が出かかったが、寸前で堪える。

訳あり商材に、相手が相手だ。ここまで来て、些細なことでこじらせる訳にはいかなかった。

「では、それで……。ただし即金でいただけませんか。なにぶん路銀に困っておりまして」

「よかろう……。では、即金でくれてやる！」

責任者は突然、刃を振るった。ペイベロの頭の上に落とされる。

しかし――。

「動くな……」

湧き水よりも冷たい言葉が響くと、責任者の身体がぴくりと止まった。

ペイベロの頭に振り下ろす前に、自分の喉元に刃が突きつけられていたからだ。

つぅ――――っ、と首から小さく鮮血が滴る。あと半歩踏み込んでいれば、首が飛んでいただろう。

責任者は首を動かさず、視線だけを動かして前を向くと、ヘーゼル色の瞳と目が合った。

抜き身のような殺気が、責任者を貫く。

「この商談はお互いにメリットがあり、リスクがあるものだ。軽々な行動は慎んでもらおう。仮にこの密約が破られたなら、最初に首が飛ぶのはお前の方だ。違うか？」

「わ、わかった。頼む。命だけは……」

「ヴァル……。そこまでです」

すると、ヴァルことヴァロウは責任者から刃を離す。

腰の鞘に仕舞うと、青ざめる責任者の側でそっと耳打ちした。

「心配するな……。こっちから口を開くことはない。ただ新品の九割でいいな？」

「き、きゅーわり？　ま、待て！　約束は五わ――」

「どうせ新品として申請し、差額を自分の懐にでもしまうつもりなのだろう。それがバレて、バルケーノの耳に入ればどのような罰が下されるか、わからないわけではあるまい」

「ぐっ!!」

「お前は二つの裏切りをした。禁制の中古品とわかって代金を受け取り、さらに差額分を懐に入れようとした。それを黙っててやると言っているのだ。一割でもお前の懐は十分暖まる……違うか？」

ヴァロウのヘーゼル色の瞳は、いつになく厳しく冷徹だった。

横で聞いていたペイベロは相手に同情するかのように微笑む。

責任者は不幸だ。何故なら、商談相手がヴァロウ（あくま）だったからである。

「……よ、よかろう」

責任者はがっくりと項垂（うなだ）れ、折れるしかなかった。


「肝が冷えましたよ」

ペイベロは胸を撫で下ろし、横にいるヴァロウを見つめた。

二人はメッツァーの中央官庁を出ると、真っ直ぐ城門へと向かう。

一刻も早くメッツァーを離れるためだ。

「しかし、さすがはヴァロウ様ですね」

ペイベロは金貨の入った袋に一度接吻する。

袖の中にしまうと、思わずバランスを崩した。もらった袋は重いが、商人としては心地よい重さだ。

代金はこれだけではない。一部はヴァロウの懐に入り、残りはペイベロが信頼する商人に預けている。メッツァー攻略後に、受け取れる算段になっていた。

戦費の問題が、ひとまずこれで解消されたことになる。

金貨の重さと反比例して、ペイベロは身体が軽くなったような気がした。

「まさか鍛冶師ではなく、その管理をしている兵士を抱き込んで武器を売りつけるとは……。思いも寄りませんでした。はったりも見事に利きましたし」

武具のノルマが達成しなければ処断されるというのは真っ赤な嘘である。

だが、バルケーノの性格ならばあり得る話だ。実際ノルマを達成しなければ、かなり高い確率でバルケーノは責任者を処断したことだろう。

「しかし、この嘘はバレないでしょうか」

「バレるだろうな。だが、後の祭りだ。すでに武具はメッツァー政府に納めてしまった。刻印もメッツァーのものにしておいたから、判別も難しいだろう」

「それにあの責任者が密告するとは思えませんからね」

ペイベロの言う通り、もし密告すれば、首が絞まるのは責任者とその部下である。

どんなことがあっても、口を開かないはずだ。

「まあ、今さらどうでもいいことですけどね。お金はもらいましたし。剣も卸すことができました。あとはシュインツに帰るだけです。ところで、一つお聞きしたいことがあるのですが」

「なんだ？」

「以前にもお尋ねしたことですが、何故御自らメッツァー城塞都市に来られたのですか？　難しい交渉であったとは思いますが、ご指示いただければ、わたくしでも対応できたと思いますが」

「お前の護衛が必要だった――では、答えになっていないか？」

実際、ヴァロウがいなければ、という場面はいくらかあった。

特に衛兵たちに絡まれた折、ヴァロウがいなければ、今頃ペイベロはどうなっていたかわからない。

確かに人材的にも、ヴァロウしかいなかったという側面はある。同じ人間の姿になれるにしても、メトラでは護衛役の任務はきつい。ザガスは論外だ。それならばルロイゼンの駐屯兵の中から、精鋭を選別しても問題はなかったはずである。

魔王の副官自ら敵地に赴くリスクを冒す必要はない、とペイベロは考えた。

「敵の中心地を見ておきたかったのだ」

「それだけですか？」

「それだけと言うが、重要なことだ。領主バルケーノを討てば、ここが俺たちの領地となる。四八〇〇〇人の民と、巨大な城塞都市を維持するには、あらかじめ綿密な下準備が必要だ。資料では見えてこない問題もあるだろう。だから、この目で見ておきたかったのだ」

「こういう言い方は失礼かと思いますが、ヴァロウ様はすでに勝った気でいらっしゃるのですね」

「今日の商売で大方な。まだ不確定要素はあるが、勝利が覆るほどのものではない」

「いやはや末恐ろしい……。一体、あなたは何手先まで考えていらっしゃるのです？」

「…………」

「いかがされましたか？」

ペイベロの質問を無視し、ヴァロウは振り返る。

その視線の先には、メッツァー城塞都市宮殿ブロワードがそびえていた。


無事城門を通過し、ヴァロウたちはテーランの方面へと向かった。

今、シュインツ城塞都市とメッツァー城塞都市の間にはすでに部隊が展開されている。

精々五〇〇といったところで、シュインツに攻勢をしかけることはないが、両領地の行き来を制限していた。そのため一度テーランの方へ南下し、ルロイゼン城塞都市の鼻先をかすめるように南から入るルートを選択したのである。行程としては一日半ほどの差が出るが、致し方ないことだった。

交代で手綱を握りながら帰路を進んでいると、突然暴風が巻き起こる。

馬車が浮き上がり、馬が驚いて立ち上がった。

その瞬間、大きな影が頭上を疾駆する。

御者をしていたペイベロはターバンを押さえながら空を見上げ、幌の中で身体を休めていたヴァロウも顔を出した。

「飛竜……」

ペイベロが息を呑むと、挨拶とばかりに飛竜は甲高く嘶いた。大きな翼を広げ、ヴァロウたちを威嚇するように吠声を上げていた。

大きい――。通常の飛竜よりも一回りほど胴が太い。

そして急停止した。直後、飛竜が真っ直ぐ降下してくる。

砂埃が舞い上がり、その向こうから声が聞こえる。

「くく……。やはりここを通り寄ったか、鼠め」

鼠色の髪が風に煽られ、逆立つ。角張った顎から伸びた髭が喉元を隠すように広がり、目は大きく潑剌としていた。目尻や口元に寄った皺から考えても、どう見ても老人であったのだが、その肩幅は広く、手に持った大槍をぐるりと動かしている。

「まさか、あれがバルケーノ・アノゥ・シュットガレン!!」

ペイベロは言葉を吐き、戦慄する。

見開いた彼の目には、メッツァー城塞都市領主にして、大要塞同盟総領主の姿が映っていた。

すると、バルケーノはすんと鼻を動かす。

「貴様は人間のようだな。鼠は中の小僧か。出てこい。いるのはわかっておるぞ」

すると、ヴァロウが幌から出てくる。特段感情を露わにすることはなく、淡々とした足取りで馬車から出てきた。顔を上げ、ヘーゼル色の瞳でバルケーノを射貫く。

見るものの心胆を寒からしめるヴァロウの魔眼をまともに受けても、バルケーノは大きな目を細めて、愉快げに笑うだけだった。

「ほう。若い魔族だな。だが、良い面構えをしておる。相当な場数を踏んでおるのだろう。

一〇〇、二〇〇ではきかんな。貴様、何者だ？」

「ヴァロウ……」

バルケーノの顔色がたちまち変わった。ギリッと音を立て、奥歯を噛む。

「ヴァロウだと……。よもやあの小僧と同じ名とはな。そういえば纏う空気もどことなく似ておる」

両者の会話の間に入ったペイベロは、少し疑問に思う。

実は、エスカリナも同じようなことを言っていた。

ヴァロウは人類軍最強の軍師ヴァロウ・ゴズ・ヒューネルと似ていると。

他人のそら似などよくあることだし、互いに天才軍師ゆえ、重なるところもあるだろう。しかし、今目の前にいるのは、間違いなく魔族のヴァロウである。ペイベロはあいにくと人間のヴァロウを知らない。しかし、人間が魔族になるなどあり得ないことだとは知っている。

「そんなことはどうでもいい。領主のお前が、何故ここにいる？」

「お主の方こそ何故我がメッツァーにいた？　物見遊山というわけでもなかろうて。敵情視察か？」

「…………」

「黙りか。まあ、良かろう。――――して、我がメッツァーはどうであった？」

「お前らしいと思った」

「我らしいだと？」

「バルケーノ、お前は確かに猛将だ。その強さは認めよう」

「ふん。尻がかゆいわ」

「だが、それ故に孤独だ」

「なんだと？」

「強い故に、お前はすべてを自分で成してきた。だから、自然と人に頼らなくなっていったのだ。いや、興味がないと言い換えてもいい」

「…………」

「故に民が飢えても言葉を聞かず、民が虐げられても手を差し出さず。お前はただ愚直に強さだけを追い求めてきた。そのすべてを己の強さで覆い隠そうとしたのだ」

「……っれ」

「だが、それは将の器であっても、君主の器ではない。それはお前も認めてるところなのだろう。それが自分の弱さであることを知っている。故に、戦さを求めた。さぞ反乱軍を潰すのは、心地の良いものであったはずだ。己の強さをアピールする絶好の機会であっただろうからな」


だまれ！　小童‼


バルケーノの声が遠く離れたメッツァーにすら届こうかという勢いで、森に響く。

しかし、憤怒はそこまでだ。

猪のように鼻息を荒くすると、現れた時と同じようにヴァロウを睨んだ。

「良かろう。舌戦は貴様の勝ちでよい。それほどの大言を吐くのだ。よほど貴様は君主としての才覚があるのだろう」

　バルケーノは大槍をぐるりと振り回し、構えた。

「ならば、将としての器はどうか？　ここで測らせてもらおうか」

　殺気と覇気を、同時に目の前の小僧に叩きつけた。

　凄まじい気を放ちながら、それでもバルケーノは笑みを浮かべている。

　その挑発とも言える行動に対し、ヴァロウは鞘から剣を抜き放って応えた。

　魔王の副官ｖｓ竜王。

　すべての段取り、時間、空間、ドラマの構成すら彼らはすっ飛ばしていく。

　大要塞同盟との戦いは、いきなりクライマックスを迎えた。

「行くぞぉぉお!!」

　バルケーノの声が雷鳴のように轟いた。手綱を引くと、乗っていた飛竜が翼を広げ飛翔を始める。

　孤を描き、空で半回転すると、一直線にヴァロウに向かって降下してきた。

　全身を捻り上げた上でバルケーノは渾身の力を込めて、大槍を振り下ろす。

　がぎぃぃいぃいぃいぃいぃぃいいぃ!!

　凄まじい金属音が周囲に伝播し、空気が震えた。梢が突風に煽られたかのように揺れる。

　落下速度とバルケーノの膂力。その二つが合わさった一撃は、説明するまでもなく苛烈だ。

　常人であれば、叩きつぶされていただろう。

　だが、今バルケーノが相手しているのは、人間ではない。

魔族だ……。

そして普通の魔族ではなく、若輩ながら魔王の副官へと上り詰めた人鬼族(ワーオーガ)であった。

「むっ！」

バルケーノは眉を顰(ひそ)めた。

完璧と思っていた振り下ろしの影から、ヘーゼル色の瞳と目が合う。

直後、甲高い音を立てて大槍が跳ね返された。

バルケーノの体勢が崩れたのを、相手は見逃さない。

ダッと地を蹴り、突きを放つ。バルケーノの胸にその切っ先が伸びていった。

「ちぃ！」

バルケーノはまたも手綱を引く。

飛竜は長い首を振り回し、主人に武器を突きつける不埒者を薙ぎ払う。その一撃に相手は、前進を中止し、三歩後退した。バルケーノは手綱を捌(さば)き、飛竜を後退させて距離を取る。

たった数拍の剣戟であった。

しかし、その濃厚な打ち合いに、ペイベロはただ固唾(かたず)を呑み、主君の勝利を祈ることしかできない。

一方、バルケーノはまた「かかっ！」と笑った。

「戦争を知らぬ頭でっかちな参謀タイプかと思っていたが……。かかっ！　どうしてどうして……。将としても強いではないか、貴様」

「………………」

「また黙りか。先ほどあれほど饒舌に喋っておった癖に。まあ、良い……。我らは将なれば、語るは己の身体と得物のみ。それで十分だ」

「俺は将ではない。そして、その器でもない」

「ほう……。ならば、貴様は何者ぞ？」

「決まっている――軍師だ」

「かかっ！　ますます気に食わん。あの男を思い出すわ。ヴァロウという名前といい……。まるで生き写しよ。だから、価値がある。ここで貴様を倒す価値がな」

また先に仕掛けたのはバルケーノだった。

義足となり、不自由な足の代用品となった飛竜を巧みに操る。その主人の手綱捌きに、飛竜もよく応じていた。地上すれすれまで降下すると、低空でヴァロウの方に突っ込んでくる。

まるで猛牛――いや、巨大な岩が転がってくるようであった。

いくらヴァロウでも、その突進をまともに受けるのはまずい。

「ヴァロウ様、お逃げください！」

声を張り上げたペイベロの顔面が蒼白になっていた。

だが、ヴァロウは動かない。剣を鞘に仕舞い、手を広げた。瞬間、ザッと土を噛むような音が響く。

ヴァロウは押し込まれながらも、飛竜の突進を受け止めていた。

その手の甲に刻まれた角の紋章が赤く光り輝く。

「すごい！　飛竜を止めてしまうなんて……」

ペイベロは英雄譚のような非現実的な光景に息を呑んだ。

バルケーノは将の器を測るようなことを言っていた。確かにヴァロウは猛将ではない。どちらかといえば、ザガスやベガラスクがそのタイプであろう。

だが、その認識が一八〇度変わる。本来あり得ないことだが、ヴァロウは軍師でありながら、千の大軍とも戦える猛将でもあると、ペイベロは確信した。

「よく我が愛竜ツェバラクの突進を受け止めた。躱さなかった勇気も褒めてやろう」

ヴァロウが躱さなかったのには、理由がある。

仮に左右どちらかに逃げれば、今度はバルケーノの大槍の餌食になる。

この技を使い、バルケーノは地・空問わず驚異的な戦果を上げたのである。

『竜三槍』と言われるバルケーノの必殺の型の一つだ。

バルケーノは飛竜の頭の上から顔を出すと、大槍の切っ先をヴァロウへ向けた。

「だが、これでチェックメイトだぁ、化け物!!」

「ああ……。お前がな……」

「むっ!!」

バルケーノはヴァロウに向けていた切っ先を返す。

森の中から突如飛んできた矢を払った。

「ちっ！　兵を伏せておいたのか!!」

バルケーノは舌打ちする。

ヴァロウはただ『竜三槍』を攻略するために、飛竜を受け止めたのではない。さらに言えば、バルケーノとただ漫然と長話をしていたわけでもなかった。

兵を配置する時間を稼ぎ、バルケーノを地点に誘い込んだのである。

そして、ヴァロウの攻勢は終わらない。

瞬間、血しぶきが舞った。

バルケーノの頬にも血が付着する。生暖かい血を浴びながらバルケーノは息を飲んだ。

愛竜ツェバラクの首が飛んでいた。

飛竜の皮は巨人族(ギガント)の皮膚を研究し、再現されたものだ。

言うまでもなく硬いはずが、ヴァロウは一息で首を斬ってしまった。

これにはバルケーノも「ぬうっ」とくぐもった声を上げる。

自分の足とも言うべき愛竜の死を前にして、ほんの数瞬動きが止まった。

「放ちなさい!!」

森の奥から号令が聞こえたかと思えば、再び矢が飛んできた。

メトラだ。森の茂みの向こう――赤い宝石のような瞳を妖しく光らせている。

その周りで弓を番(つが)えていたゴブリンの群れが、次弾を放つ。

「ぬぉおおおおおお!!」

バルケーノは槍を振るって、矢を払う。

だが、振り上げた槍の下――腹に大きな隙ができた。

それを見逃すほど、ヴァロウは甘くない。

「バルケーノ！　たとえお前に将としての器があろうとも、所詮お前は俺の手の平の器に過ぎない……！」

ヴァロウの剣が真一文字に閃く。

やられる！

その時ばかりは如何な『竜王』バルケーノと言えど、覚悟を決めなければならなかった。

死という言葉がよぎる。急に瞼が重くなり、バルケーノは初めて恐怖によって目をつむる。

だが、いつまで経っても刃は下りてこない。

薄く目を開けた時、バルケーノは驚愕の光景を目にすることになる。

忽然とヴァロウが消えていたのだ。

「ヴァロウ様！」

魔族の女の声が聞こえる。その視線は遥か大空へと向けられていた。

すると悠々と南の空を飛ぶ一匹の飛竜を見つける。その速度は凄まじく、すでに青い空の中で点になろうとしていた。

メッツァーの飛竜ではない。自軍が助けにきたのでは、と思ったが、そうではなかった。

「あれは………」

見覚えのある飛竜を見て、バルケーノは目を細めた。

魔族の女は飛竜に向かって何やら叫んでいる。どうやらあの飛竜にヴァロウが捕まったらしい。

待望の敵を失ったバルケーノは軽く舌打ちする。だが、まだ戦いは終わっていなかった。

「おらあああああああああ!!」

裂帛の気合いが横合いから聞こえる。

殺気に気付いたバルケーノは、再び槍を握りしめると、奇襲を防いだ。

鈍い金属音が響く。バルケーノが目にしたのは、大きな棍棒と闘争心を燃やした人鬼族の瞳だった。

「次はオレ様が相手だ、バルケーノ!」

「ザガス！　退却よ！　ヴァロウ様を追いかけなきゃ！」

魔族の女指揮官は金切り声で、ザガスという魔族に向かって叫ぶ。

だが、ザガスは動かない。バルケーノを睨む目に、些かの揺らぎも迷いもなかった。

「ほう……。まだこんな強者が残っておったか!!」

バルケーノの口元が一瞬緩む。次の瞬間、歯を食いしばりザガスの棍棒を跳ね返した。

老将とは思えぬ力に、珍しくザガスは顔を歪める。とととと、と体勢を崩したがすぐに構え直した。

「威勢のいいジジイだな。こりゃ楽しめそうだ」

「ふふ……。血がたぎっておるのぉ、ザガスとやら。わしの若い頃を思い出す」

「ふざけんな、老害……。昔語りなら、冥界の桟橋ででもやってな」

「ザガス!!」

ピシャリと女指揮官は言い放つが、ザガスにはまるで通じていなかった。

「行くなら行けよ、メトラ。オレ様はこの『竜王』様に興味がある——つっても、遅かったみてぇだがな」

「え？」

騎馬の音がバルケーノの背後から聞こえた。鎧を着た騎兵たちが真っ直ぐこちらに向かってきている。それだけではない。地上に影が走ったかと思えば、甲高い動物の嘶き声が聞こえてきた。

メトラは空を望む。すでに空には無数の飛竜が飛び回り、自分たちを包囲しようとしていた。

「まさか……メッツァーの竜騎士部隊！」

空に現れた大部隊の壮観な姿に、メトラは息を飲み、横でザガスが嬉しそうに笑っていた。

味方の到着にバルケーノが嬉々としているかといえば、そうではない。苦虫をかみつぶしたように、空を見上げていた。

「バルケーノぉぉぉおおおおおお!!」

そこに一気の騎馬が突っ込んでくる。

分厚い鎧を着た重装歩兵が踊り出ると、バルケーノを背にしてザガスを睨んだ。

フルフェイスの兜の奥の瞳はすでに血走り、匂い立つような殺気を漂わせている。

「なんだ、てめぇ……。雑魚は引っ込んでろ！」

「おでの名前はヴァモット……。お前、魔族だな？　魔族は殺す……殺すころすコロす」

ヴァモットという重装歩兵は、大金鎚を構え、口から泡を吹くぐらい「殺す」と連呼した。もはや殺気という領域を越えて、呪詛に近いものを感じる。見ていたメトラが思わず身震いしたほどだ。

「やめぇい、ヴァモット!!」

怒声を発し、諫めたのはバルケーノ本人であった。

空気を振るわす大音声に、ヴァモットから漂う怪奇な気配が吹き払われる。

「ヴァモットか。わしの命なしに軍を動かしたのは……」

バルケーノはヴァモットを睨み付ける。その眼光は鋭く、ヴァモットは慌てて首を振った。

「ちちちち、違う！　おおおおおで、違う。れ、レドベンがやった」

「レドベンか……。チッ！　余計な真似を」

そう言って、バルケーノはザガスと森に隠れている魔族軍を睨んだ。

「しまいじゃ」

「ああん？　しまい？　もう終わりってか？」

ザガスは凄む。棍棒を振り回して挑発するが、バルケーノは乗らなかった。

「わしの望みは一騎打ちだ。大将同士のな。しかし白けた……。この場は退き、次なる戦さに備えるとしよう」

「逃げるってのかよ？」

「どうとでも取るがいい、血気盛んな人鬼族よ。それに先ほどの言葉を訂正しよう。しまいではない。

これが始まりよぉ。大要塞同盟と魔族の大戦さのな」

「はっ！　めんどくせぇ野郎だ。オレ様と似てるだぁ？　冗談じゃねぇぜ」

ザガスは得物を引っ込める。敵前で背中を向けると森の方へと戻っていった。

そのまま先ほどの女性指揮官と、ヴァロウと一緒にいた商人とともに、飛竜にさらわれた主を追いかけ、南下を始める。

「い、いいのか、バルケーノ？」

ヴァモットとバルケーノは従兄弟同士だ。年も近い。が、この時バルケーノは返事をしなかった。

馬に跨がると、全軍を引き連れて、メッツァーへと戻っていく。そして一人呟いた。

「また生き残ったか。しかし、まあ……楽しみは残ったようだな」

バルケーノの言葉は馬群の音にかき消される。

その口元には笑みが浮かんでいた。

✣

ヴァロウがバルケーノに向かって、剣を振り上げた時だった。

風を切る音が急速に近づいてきたかと思えば、次の瞬間腹部と腰に強いホールド感を感じる。

身体が浮き、地面から離れていく。気が付けば、雲が近かった。

ヴァロウは冷静に自分を掴んだものの正体を見極める。

飛竜だ。大翼を羽ばたかせ、上昇し続けている。

ヴァロウは剣で飛竜の足を切り落とそうとしたが、その前に声がかかった。

「ダメですよ。そんなことをしたら。この高さから落ちれば、いくら人鬼族が頑丈と言っても助からないでしょう」

懐かしい声を聞いて、ヴァロウの眉字が動く。

騎乗者を確認すると、大きな黒目とかち合った。

「お久しぶりです、ヴァロウ師匠」

懐かしい声を聞いて、ヴァロウは思わず挨拶を返しそうになる。

騎乗者はヴァロウがよく知る人物だったのだ。

ルミルラ・アノゥ・シュットガレン……。

ヴァロウの最後の弟子だった。


ルミルラは愛竜スライヤを近くの山に着地させる。

飛竜の背から下りると、先に降りていたヴァロウに近づいた。最初は笑みを浮かべていたルミルラだったが、その顔はすぐにこわばることになる。

ヴァロウが剣の切っ先をルミルラに向けていたからだ。

「どういうことでしょうか？　ヴァロウ様。私を――ルミルラをお忘れになられたのですか？」

ルミルラは胸に手を当てて確認するも、ヴァロウはただヘーゼル色の瞳を鋭く光らせるだけだった。

その殺気は本物だ。後ろのスライヤが反応し、ぎゃあぎゃあと吠声を上げて威嚇している。

「ルミルラ・アノゥ・シュットガレンか……。随分と馴れ馴れしいな。初対面のはずだが……」

「そんなことはありません。私はあなたの弟子だったのですから」

「俺は知らない。誰かと勘違いしているのではないか？」

「そんなことはありません。ルロイゼンに続き、シュインツを攻略してみせた手際の良さ。テーランの重戦士部隊に対し、弾数が限られた魔導兵器を躊躇うことなく使用した大胆さ。それに――」

ルミルラは刃を前にして微笑む。

「エスカリナ様から聞きましたよ。毎日紅茶ばかり飲んでるそうじゃないですか。……紅茶に蒸留酒を垂らして飲むなんて、古今東西あなたぐらいですよ、師よ」

ルミルラは核心をついた探偵のように勝ち誇る。

それでもヴァロウの頭が縦に振れることはない。剣先も依然としてルミルラを捉えたままだ。獲物を狙う肉食動物のように、ひたすら静かにそのヘーゼル色の瞳を光らせていた。

「そもそも私が来ることを知っていて、メッツァーに向かわれたのでしょう？　皆の前で正体を暴かれることを恐れたのでしょうが、逃げることもないでしょうに」

ルミルラは決して退かない。ヴァロウが、自分の師であることを信じて疑わなかった。

その師とおぼしき魔族は、頑なに己がかつて最強軍師と謳われたヴァロウ・ゴズ・ヒューネルだと認めない。師弟ともに頑固であった。似たもの同士なのだろう、この二人は。

「さあ、ここにいるのは私たちだけです。存分にお話ししましょう、師よ」

「そんな話をするために、お前はバルケーノを討つ絶好の機会を俺から奪ったのか？」

「お忘れですか、師よ。バルケーノは我が父です。肉親を守るのは道理でしょ」

「ならば、魔族が人間を手にかけるのも道理であるはずだな」

ヴァロウはルミルラの喉元にさらに剣を突きつけた。尖端が皮膚に触れ、小さく流血する。

ルミルラの眉間に皺が寄る。目の前の魔族が、師ヴァロウであることに揺るぎのない自信を持っているものの、その本人は決して手を緩めない。本気でルミルラの首を落とすつもりでいるらしい。

ルミルラはここに来て、初めて息を呑む。

殺気にではない。ヴァロウが魔王の副官であろうとする覚悟を感じてのものだった。

「あなたも父と同じなのですね。私を戦場から遠ざけようとする。ヴァロウ様、私はもうすぐ三〇になります。あなたの元に弟子入りし、小間使いに毛が生えた程度の小娘ではないのですよ」

「…………」

「わかりました。魔族のヴァロウ。あなたに折り入って頼みがあります」

「……頼み？」

すると、ヴァロウはあっさりと刃を引いた。

今までの説得がなんだったのだろうかと思うぐらい素直にだ。

まるでルミルラから何か頼みごとがあることを承知していたような動きだった。

〝お前もまた手の平の上だ……〟

師の口癖が聞こえてくるようで、思わずルミルラはムッと頬を膨らました。

一方、ヴァロウは鞘に剣を収め、近くの倒木に腰を下ろす。

ルミルラも側に座ろうとしたものの、失敗に終わった。気の利いたエスコートはなく、代わりに剣の先が向けられると、ルミルラは口を尖らせる。

「師匠――――」

ヴァロウの眉がピクリと動く。

顔は無表情だったが、かすかな殺気を感じて、ルミルラは慌てて言い換えた。

「ヴァロウ殿、頼みというのは、父バルケーノのことです」

「…………」

「どうか父の命だけはご容赦いただけませんか？」

ルミルラは膝を突くと、草場の地面に額を付けた。

後ろで束ねた黒髪が前へと流れるのを見ながら、ヴァロウは口を開く。

「娘として、父親の命だけは取らないでほしいという懇願か？　随分と私情を挟んだ願いだな」

「そういうわけではありません。……いや、全くないわけではありませんが……。しかし、あなたにとってもメリットのある話です」

「俺たちにメリットだと？」

「あなたは大要塞同盟を攻略した後、人類軍の最前線の後背を突くおつもりなのでしょう？」

「…………」

ヴァロウは今後の戦略のことを考えて、答えなかった。

ルミルラは一度息を吐く。

「ですが、その前にあなたたちが対決しなければならない相手がいます」

「どこだ？」

「本国の軍です」

「……本国だと？」

「はい。すでに大要塞同盟の勢力圏付近に展開しています。こちらを刺激しないよう、かなり用意周到に隠されてはいますが……」

ヴァロウは顎に手を置いた。

「やはり知らなかったようですね。どういう情報網を敷いているかは知りませんが、いくらあなたが優秀でも限界はあるでしょう」

「本国が軍備を整えていることは知っていた。だが、こうも早く動くとは思っていなかった。……なるほど。そういうことか」

ヴァロウは頷き、得心した。

「この段階で本国が同盟の勢力圏にいて、何もしてこないということは、おそらく漁夫の利を狙っているのだろう。魔族と同盟を戦わせ、弱ったどちらかを討つ算段だな。仲間を見殺すほど、同盟と本国の関係はこじれているのか？」

「最初は仲が良かったと思います。ですが、同盟が力を持ち、独立の声も大きくなってきました。お互いが言うことを聞かないまま、関係は今や最悪です。そこに――」

「俺たちが現れたか。さぞ同盟側には疫病神に見えただろうな」

「それだけではありません。シュインツの元領主メフィタナ様が、脱税の容疑で中央に連行されました。私と父の許可なくです」

いのだな」

「決定的だな……」

「中央との対決は鮮明になりました。そこへ来て、反乱、そしてシュインツの占領です。父がどれほどお怒りであったか、想像できますか？」

「だから、バルケーノを討つな――か。つまり今争えば、本国の介入を許すことになる。そう言いたいのだな」

「まあ、それだけではありませんが……」

「まだあるのか？」

「今は言わないでおきます……」

ルミルラははぐらかし、そして説明を続けた。

「もちろんタダとは申しません。見返りはきっちりと払わせていただきます」

ルミルラは正座姿勢のまま、後ろに束ねた髪を一度梳き、居住まいを整えた。

「どんな見返りだ」

「ヴァルファルの譲渡。そして、私の首でいかがでしょうか？」

さすがのヴァロウも、ルミルラの提案には驚いた。

だが、それは一瞬のことで、すぐあの冷たい表情に戻る。

ヘーゼル色の瞳で刺しても、ルミルラは態度も言葉も変えようとはしなかった。

「人間と戦うなと頼んでいるのです。それ相応の首というものが、必要でしょう。ただどうかこの首にかけて、ヴァルファルの領民の命だけはご容赦いただきたい。それが私の頼みです」

改めてルミルラは頭を下げる。

ヴァロウは最初から気付いていた。

ルミルラが死を覚悟し、自分の前にやってきたことを……。

自分が最強の軍師ヴァロウであろうとなかろうと、彼女には関係なかった。

命を賭してでも、ここにいるヴァロウという魔族に、自分の頼みを聞かせたかったのだろう。

ヴァロウは思った。

（十五年か……）

弟子入りしたばかりのルミルラは、ただのお嬢さまだった。

確かに軍略の才能はあった。軍儀という仮想の盤面では、他の弟子に負けたところを見たことがなかったが、ただ勝っているところも見たことがなかった。

常に守勢を保ち続け、敵兵が逃げるのを待つ。そんなことばかりしていたのだから、当然だ。

一度、ヴァロウは何故そんなことをするのか、と尋ねたことがある。

すると、彼女は軍儀の駒を持ち上げて答えた。

『こんなに綺麗な駒を捨てるわけにはいきません』

その言葉の後、ヴァロウは何を言ったか覚えていない。

ただルミルラは軍師に向いていないと思った。どんな戦場でも、自軍を切り捨てる時はやってくる。

他の武将が反対しても、軍師だけは軍全体の命を守らなければならないのだ。

ルミルラがやったのは、その真逆のことである。

彼女は優しい。だが、戦場において、優しさこそがもっとも己を殺す敵であることを、この時のルミルラは知らなかったのである。

ヴァロウが死んだ後、ルミルラがどういう人生を辿ったのかは知らない。しかし、人を殺すことを何より嫌がった少女が、戦場に出でて、さらにはこうして自分の命を切り捨てようとしている。ただ英雄的な死を望むわけでも、自暴自棄になっている様子もない。

明確な理を唱え、利益を計った上で、人の上に立つ者として己の首を差し出したのである。

「よかろう。ただし――――」

「何でしょうか？」

「一番の問題はバルケーノだろう。ヤツを説得できるのか？」

ルミルラは苦笑いを浮かべるが、最後には表情を引き締めた。

「それが一番の難問なんですけどね。……でも、必ずや説得してみせます。父は頑固ですが、私の話なら聞いてくれるはずです」

「わかった。お前の頼みとやらを聞いてやる」

「ありがとうございます、師匠！　あ――――！」

ヴァロウはやれやれと首を振った後、口を開いた。

「一つ聞かせろ。何故、そこまでする？　今の大要塞同盟は――――いや、人類はお前が命をかけるに値するほど、価値があるのか」

「随分と人側に立った意見をするのですね」

ルミルラは目を細めて、やや蠱惑的に笑う。そして空を望み、過去を振り返りながら口を開いた。

「昔、軍儀をしている時に師匠に言われたのです。何故引き分けばかりを狙うのか、と。私は駒が綺麗だからと答えると、師匠は汚れた駒ならば、お前は躊躇いなく捨てることができるのか？　と私に問いをかけました。その時の私はまだ未熟で、答えることができなかったのですが、今なら答えられると思います。聞いてくれますか？」


そんなの無理です……。


「………………」

「駒が綺麗にできない限り、捨てることが最良なのでしょう。でも、無理ですよ。躊躇いなくなんて無理です。私は魔族でも、最強と言われた軍師でもない。単なる武家の娘です。他人の命をためらいなく捨てることなんてできません。だから、十五年ためらい続けて、ようやく私は自分の命を差し出すという選択に気付いたんですよ」

この時のルミルラに往来している気持ちを、ヴァロウは知らない。

師が炎に巻かれた時、ルミルラは少し頭がいいだけの無力な子供だった。その無念を抱えながら、己を研鑽し、師の最後となった質問の答えを探し続けた。そして十五年という月日を経て、今やっとその答えを見出すことができたのである。

「十五年か……。随分と時間がかかったものだな」

「それが凡人の領域なんですよ。あなたがおかしいだけです」

ルミルラが笑う。それを見ながら、ヴァロウは少し息を吐いただけだった。

すると、ヴァロウはルミルラに何かを手渡す。ルミルラはすぐに手の平にのせ、見つめた。

それは透明な石だった。

「綺麗ですね。何ですか、これは？」

「それを今すぐ飲み込め。お前が我らを裏切らないか監視するものだと思えばいい」

「まだ私を信じてくれないんですか？　そんなことをしなくても、裏切ったりしませんよ」

「念のためだ」

「はいはい」

ルミルラは石を飲み込む。

そして早速、待たせていたスライヤに跨がった。

「送っていきましょうか？」

「お前が魔族に八つ裂きにされたいならば、構わんが……」

「シュインツの方たちは、割と紳士的でしたよ。師匠とは違ってね」

「どうせエスカリナあたりに逃がしてもらったのだろう」

「バレましたか。彼女はなかなか見所がありますね。では――今度は、メッツァーの宮殿ブロワードでお目にかかりましょう。首を洗って待ってますよ」

「……そう祈る」

スライヤが翼を羽ばたかせる。強い突風が巻き起こると同時に、広い夕空へと飛び立った。

ルミルラは手を振るが、ヴァロウは振り返さなかった。

竜頭が北を向く。

西日を受けた飛竜は、黒い雨雲が見えるメッツァーへと羽ばたいていった。

✣

その夜……。

メッツァー城塞都市は嵐に見舞われた。

雷鳴が轟き、雨滴がガラス窓を打ち据える。

稲光が宮殿ブロワードに差し込むと、絨毯に広がった赤い血を照らした。

その傍らには遺体があった。

無念そうに顔を歪め、黒髪を束ねていた布は弾けて黒い薔薇のように広がっている。

黒い目に生気はない。

かたりと物音を立てて、扉が閉まる。

ギョロリとした大きな瞳は、最後まで娘に向けられることはなかった。

「閣下……」

バルケーノが部屋を出たところで、レドベンが立っていた。その顔面は真っ青だ。

部屋の中にあるものについて多くを語らず、バルケーノはただ一言宣言した。

「戦さだ。準備をしろ」

小心者の参謀は息を呑むのが精一杯だった。

「どちらの敵でしょうか？」

「決まっておろう。我ら人類において、敵は一つしかおらん」


根絶やしにせよ、同盟に巣くう悪魔どもを……。


「わ、わかりました。ところで、テラスにいる飛竜はどうしましょうか？」

「……殺せ。どうせ主は二度と戻ってこぬ」

バルケーノは吐き捨てるように告げると、外套を靡かせて廊下を歩いて行く。

そして、大要塞同盟主都市メッツァーとの戦いの火蓋が切られるのだった。

Vallow of Rebellion

Jyokyukizoku ni Bousatsu Sareta Gunshi ha Maou no Fukukan ni Tensei shi, Fukushu wo Chikau

メッツァー軍は魔族軍が占拠するシュインツ城塞都市へと出立した。

騎兵部隊は砂埃を上げ、重装歩兵部隊は大地を蹂躙するように進む。

弓兵は鋭い眼差しを光らせ、魔法兵がその後方に控え、不気味な姿をさらしていた。

同盟最大数を誇る歩兵たちも、立て続けの戦さに疲弊した様子もなく顔を引き締めている。

何より圧巻なのは、竜騎士部隊だ。

一五〇騎の飛竜と竜騎士が、やや雲が垂れ込めた鉛色の空を支配している。

総勢およそ八〇〇〇。大要塞同盟の中でも、最大最精鋭の軍隊がシュインツに向けて進発した。

先頭は総司令官バルケーノ。参謀レドベン。地上の重装歩兵部隊を束ねるのは、バルケーノの従兄弟ヴァモットである。

バルケーノは珍しく馬に騎乗していた。愛竜を亡くしたからではない。彼ほどの竜騎士であれば、飼っている飛竜は一つや二つではなく、その数は三桁にも及ぶ。

今、馬に跨がっているのは、空にいると地上の情報を聞けないからだ。

彼が空へ向かう時は、猛将となる時だけである。そして、その瞬間はそう遠くない。

もうすぐ七〇に手が届く老将の筋肉は、戦いの気配を敏感に感じていた。

行軍しながら、バルケーノは鋭い視線を周りに放つ。

「ヴァルファルの軍は何故来ぬ？　参戦するように指示を出したのであろう」

レドベンを睨む。参謀は汗を掻きながら、報告した。

「再三再四指示は送っているのですが……」

「動かぬか？」

「はい。も、申し訳ございません」

バルケーノの迫力に、小心者の参謀は馬上で頭を下げた。

その上司は何も言わず、ただ奥歯を強く噛む。

「ルミルラめ……。事前に何か吹き込んでおいたな」

「いかがいたしますか？」

「放っておけ。ヴァルファルの軍がいなくとも、数の上でも質の上でも我らが勝っている。違うか？」

「仰る通りかと……」

レドベンは恭しく頭を下げ、同意を示す。

すると、馬に乗った斥候がバルケーノの前に現れた。

「ご報告します。敵兵がシュインツから出撃しました。真っ直ぐこちらに向かっております!!」

斥候の声が響き渡ると、兵士たちに動揺が広がる。一際大きな声を上げたのは、レドベンだ。

「馬鹿な！　ヤツら、籠城せんのか！」

メッツァー軍は敵の倍以上の兵力を揃えている。ゴドーゼンやテーランのような田舎兵たちではない。バルケーノの指導した精鋭揃いで、戦術上の練度も高い。

対する向こうの主力は、二〇〇〇の魔狼族である。その俊敏な動きは脅威だが、ヴァモット率いる屈強な重装歩兵部隊で足を止めることができると考えていた。魔狼族さえ押さえてしまえば、残った下級の魔獣など、メッツァーの竜騎士部隊の敵ではない。それは敵も理解しているはずだ。

故に、レドベンは相手が野戦を捨てて、籠城（ろうじょう）すると思っていた。シュインツ城塞都市には、同盟一の大きな城壁がある。守勢には最適だ。だから、こちらは通常の攻城戦を行うとともに、相手の補給路を断ち、守勢の勢いが止まったところで竜騎士部隊を空から投入――一気に城壁を攻略して、シュインツ城塞都市内を制圧する算段だった。

だが、その筋書きがすべて覆されてしまったことになる。

「慌てるな、レドベン」

「いや、しかし……。こちらは攻城戦の準備を」

レドベンは背後を見る。急ごしらえだが、参謀は攻城櫓と大弩弓を用意していた。

だが、その苦労が今、水泡に帰してしまったことになる。

「ふん。数の上ではこちらが有利なのだ。ただ正面から叩きつぶせばいい。むしろ、戦さが楽になったと思えばよい」

バルケーノの言う通りだ。

攻城戦と野戦。どちらが容易かといえば、断然後者である。

何も策もなく、ただ軍を前に進めるだけで勝てるのだ。

だが、油断はできない。シュインツをたった半日で攻略した魔族が、指揮を執（と）っているのだ。「何かある……」と思わざるを得なかった。

だが今、変化をつけることをバルケーノは良しとしないだろう。どう考えても、こちらが有利だからである。基本的に王者の戦い方を好むバルケーノが、作戦変更を許可するとは思えなかった。

　レドベンは斥候に尋ねる。

「予想される会敵地は？」

「敵の行軍速度が今のままであるなら、おそらくパルマ高原かと……」

　広くなだらかな斜面が続く高原である。周りに森や崖こそあるが、障害物が少ない。

どうやら本当に魔族たちは真っ向勝負を望んでいるらしい。

　それを聞いて、バルケーノは笑った。

「くくく……。ヴァロウとかいう若い魔族め。なかなか度胸があるではないか」

「閣下、これは罠かもしれません」

「そんなものはわかっておるわ」

「はっ？」

「肝心なのは、我らが数で上回っているということを認識することだ。相手が奇策を弄そうとも、我らは真っ直ぐ矛を向ければよい。相手の奇策に合わせれば、それこそヤツらの思うつぼよ」

「確かに道理ではありますが……」

　いや、その方がいいのかもしれない。

　相手のペースに合わせるよりも、こちらのペースに引き込む方が重要だ。

　数での勝負となれば、二人一殺でも勝てるのだから。

「わかりました。閣下の言葉を信じます。ただ先に斥候を戦場に向かわせ、周囲を探ろうと思いますが、いかがでしょうか？」

「任せる」

「ありがとうございます」

またレドベンは恭しく頭を下げると、早速指示を出した。

✣

翌々日の早朝――。

両軍はパルマ高原で向かい合った。

メッツァー軍八一五〇。魔族軍――第四、第六師団連合軍およそ三〇〇〇。

このパルマ高原では、幾度か魔族と人類の戦いが行われているが、この時約十五年ぶりの大戦さが始まろうとしていた。

ヴァロウたちは高原の山側に布陣する。

約八〇〇〇の兵を見て、周りの幹部たちは目を細めた。

「どうやらルミルラの交渉は失敗に終わったと見ていいですね」

「ああ……」

メトラの言葉に、ヴァロウは短く答える。

確認できる限り、ルミルラの姿はない。ただ彼女が領主を務めるヴァルフォルの兵の姿も確認できなかった。ルミルラに何かあったと考えるべきだろう。

それでもヴァロウの表情は変わらず、冷えたヘーゼル色の瞳を、眼前の敵軍に向けていた。

「ふん。元より人間など当てにしてはおらん」

ベガラスクは配置につき、第四師団の先頭に出ると、爪を伸ばした。

「かかか……。腕が鳴るねぇ。久しぶりの大戦さだ」

嬉々としながらザガスは腕を回し、地面に下ろした鉄の棍棒を持ち上げた。ベガラスクと同じく軍の先頭に出て、総司令官の合図を待つ。

ヴァロウはおもむろに鞘から剣を抜いた。

同時に地平線の向こうから現れた陽の光が、両軍を分かつようにほとばしる。

瞬間、両軍から声が響き渡った。

「「かかれぇ!!」」

ヴァロウとバルケーノの声が重なる。

大要塞同盟版図では、およそ十五年ぶりに行われる人類と魔族の大戦さが始まった。

両軍の鬨の声が戦場に轟き、もののふたちが砂埃を上げて走って行く。

遠目から見る両軍の色は、魔族軍は黒く、人類軍は白い。

まるで光と影の対決のように両軍は交わろうとしていた。

「本当に突っ込んできた!!」

鬨の声が上がる中で、レドベンは一人狼狽えていた。

ずり落ちた眼鏡を持ち上げ、今一度、敵軍の様子を確認する。

先頭は魔狼族だ。真っ直ぐ同盟軍の方に向かってくる。他に何か奇妙な行動を取る様子はない。周囲を窺ったが、メッツァー軍の側面を討つ伏兵もいないようだ。

唯一気になることと言えば、魔族軍の後方に配置された物だろう。布を被り、まさしくヴェールに包まれていて、何も見えない。おそらく兵器だと思うが、今すぐ戦場に投入される気配はなかった。

レドベンが周りに注意を払っていると、その耳朶が震える。

「レドベン！　後は頼んだぞ!!」

バルケーノが指笛を鳴らすと、空から一匹の飛竜が降りてくる。上空で竜騎士部隊とともに待機していたバルケーノの新しい飛竜だ。翼を広げ減速し、軍のど真ん中に降り立った。

バルケーノはその頭を撫でると、鐙を載せて竜に跨がる。

「閣下!?」

レドベンが疑問を投げ返す前に、バルケーノの飛竜は翼を動かしていた。

鋭い風圧が巻き起こると、バルケーノは愛竜とともに空へと舞い上がっていく。

指揮官が、猛将になった瞬間であった。

こうなってはレドベンが指揮するしかない。レドベンは気を引き締め、戦場に向き直る。

いよいよ白と黒の一団が交わった。

刹那、先頭を走っていた騎兵が吹き飛ばされる。

一頭や二頭ではない。十頭以上の軍馬が、空へと舞い上がったのだ。

「ひぃ!!」

レドベンは思わず悲鳴を上げた。

実はこうやって魔族と正面切って戦うのは初めてだった。レドベンだけではない。魔族の凄まじい膂力に彼を護衛する兵士たちですら、おののいている。

魔族の勢いは止まらなかった。

まるで土でも掘るように歩兵や騎兵たちをなぎ倒していく。

こちらの方陣に楔（くさび）を穿（うが）ち、メッツァー軍の陣地に深く浸透してきた。

（まさか！　中央突破するつもりか!!）

魔族の勢いは本物だ。何よりも速い。

緩やかな斜面を利用し、さらに加速がかかっているらしい。

対して、同盟軍は上りだ。当然、動きが鈍い。このままでは突破を許すことになる。

「レドベン様!!　このままでは!!」

早くも部下が悲鳴を上げた。

レドベンは心の中で「落ち着け」と念じ、一度息を吸う。

「歩兵と騎兵を下がらせ、隊列を作り直せ！　ヴァモット様の重装歩兵部隊を前に出して、ヤツらの攻撃を止めるのだ！　弓兵と魔法兵は五歩前進。歩兵と重装歩兵を入れ替える間を援護せよ」

レドベンの指示は的確だった。

重装歩兵を前に出し、作戦通り魔狼族（ワーグ）の勢いを殺しにかかったのである。

その間に、歩兵と騎兵を立て直させて、再突撃に備えさせた。

その指示が功を奏す。魔狼族の動きが止まったのだ。

✠

「敵もやりますね」

メトラはアンデッドとゴブリンの混成部隊に矢を放つよう命じながら、ヴァロウに囁いた。

完全に魔狼族の動きが止まってしまう。

矢を放って援護しているが、重装歩兵の装甲はかなり分厚いようだ。

アンデッドやゴブリンが引く程度の弓では、ビクともしない。

「向こうの参謀はレドベン・アッソルドか。十五年前は後方の一士官で、実戦はこれで二度目だが、悪くない用兵ぶりだな。とはいえ、主がその言うことを聞くとは思えないが」

作戦指示は的確で、そして目的も明確だ。おかげで主力の第四師団の動きを止められてしまった。

第四師団――魔狼族の長所は速攻の一撃である。どの種族よりも速く戦場を駆け抜け、敵陣に浸透して攪乱、あるいは中央突破を狙う。その足が止まってしまったということは、次の戦術を練る必要が出てきたということだ。

「いかがいたしますか？」

メトラの質問に、ヴァロウは即時に応答しなかった。じっくり戦況を見極める。

どうやら敵は乱れた歩兵と騎兵を再構築し、紡錘形になったこちらの軍の側面を狙おうとしているらしい。このまま放っておけば、こちらの本隊と切り離され、第四師団は囲まれるだろう。

「どうやら、早速あの仕掛けを使う時が来たようだな」

ヴァロウは懐に手を伸ばし、赤い宝石を取りだした。

それを強く握り込むと、宝石にヒビが入る。鋭い音を立てて砕け散った。

途端、魔力の波が戦場に伝播していく。その力は魔族たちを強化するわけでもなく、敵に死の囁きを聞かせるような代物でもなかった。ただ漣のように戦場に広がっていく。

謎の赤い魔力の波は、メッツァー軍を動揺させた。

しかし、何も起こらない。レドベンは「はったりだ！」と息巻き、さらなる攻撃を命じた。

が、すでに事は起こっていたのである。


「ぎゃあああああああああああ!!」

いきなり声が上がった。

悲鳴など戦場ではさして珍しいことではなく、今もあちこちから聞こえてくる。

だが、その叫びはどこか異質であった。

メッツァー軍の兵士は一瞬固まる。目だけを動かし、その悲鳴の出所を探った。

やがて視線が一人の歩兵に集中する。

手には槍が握られ、その尖端は仲間の心臓を刺し貫いていた。

「な、何をしておるかぁぁぁぁあああ!?」

レドベンの絶叫に、槍を持った歩兵がゆっくりと振り向く。

仲間を槍で刺し貫いた兵がレドベンの方を向いた。

目に生気はなく、表情は禍々しく歪んでいる。

「まさか!!」

レドベンの背筋に冷や汗が流れる。

その瞬間、槍を持った歩兵は次々と仲間の兵を刺し始めた。

そして、それは一人だけではない。

「ぎゃあああああ!!」

「おい！　何を——うぎゃ！」

「やめろ！　仲間だぞ！」

「お前、何をしてるんだ!!」

次々と、まだ魔族がいないはずの戦場から悲鳴が聞こえる。

何故か戦場のあちこちで同士討ちが始まった。歩兵だけではない。魔法兵は無事のようだが、騎兵、重装歩兵、弓兵……。武具を装備した部隊の中で、同士討ちがあちこちで起こっていたのである。

しかも、十人、二十人という数ではない。

「一〇〇……いや、もっといるぞ……」

レドベンは戦慄するが、その彼の目の前でも同士討ちが始まった。

「殺す殺す殺す殺す殺す殺す殺す殺す殺す殺す殺す殺す!!」

気が触れたように言葉を連呼し、武器を振り回す。敵味方問わず、斬りかかってきた。

「ええい！　と、とにかく取り押さえろ!!」

一体何が起こっているのか――レドベンは眼鏡をあげて、観察する。

すると、気が触れた兵士が持っている武器に着目した。

長槍の柄が光っている。よく見ると、呪字のようなものが刻まれていた。

しかも、その武器は身体と一体化し、一度握れば離すことができないようだ。

「まさか！　この武具！　呪われているのか!!」

レドベンの叫声が戦場に響き渡った。


混乱に陥る戦場をヴァロウは見つめていた。

普段通り指揮官が無感情に戦場を望む一方で、側に控えるメトラの声は明るい。

「ヴァロウ様、成功です。うまく機能しましたね」

「ああ。これでドワーフたちの努力も報われるというものだ」

ようやくヴァロウの口元に笑みが浮かぶ。

「さて、メッツァーにばらまいた武器防具はおよそ一五〇〇。実質一五〇〇の援軍だと思えばいい。

六六〇〇と四五〇〇……。数の上ではまだ負けているが、これで倍数からは脱した。さあ――」

握りつぶせ!!

いつも開いている手の平を、ヴァロウは強く握り込むのだった。

✠

ヴァロウがメッツァーに武器を売りさばくことにこだわったのは、戦費調達のためだけではない。

すべては、この戦いのためだ。

ヴァロウはあらかじめ呪いを込めた武具をドワーフたちに作らせた。それをメッツァー軍に買わせ、この戦さにおいて呪いの力を解放させたのである。

この作戦は、すでに反乱をけしかけた時から始まっていた。反乱軍との戦いで疲弊した同盟軍は、必ず武器を調達しようとする。そこに呪われた武器を混ぜて、その売上金を戦費に当てるとともに、同盟軍に呪いの武器を装備させたのである。

結果、ヴァロウはこの戦さにおいて、一五〇〇名の援軍を手に入れた。

反乱を鎮圧した時から、すでにメッツァー軍はヴァロウの手の平の上で踊らされていたのである。

ヴァロウの作戦はものの見事に嵌まった。

メッツァー軍は大混乱に陥る。当然だろう。仲間がいきなり斬りつけてきたのだ。

それは自陣に突然、敵軍が現れたも同義だった。

兵士たちの悲鳴が響く。呪われた兵の横暴を止めたいが、仲間故に下手に手出しはできない。躊躇(ちゅうちょ)する一部の兵士を余所(よそ)に、呪いの武具を持った兵たちは容赦(ようしゃ)なく襲いかかってきた。一瞬にして、三〇〇名もの兵の遺体が地面に転がる。

冷静でいなければならない参謀レドベンの頭は、今やパニックだ。何かしなければと思うのだが、兵法書に載っていないこの状況に、完全についていけていなかった。

だが、メッツァー軍の悪夢は続く。

「「「ぎゃあああああああああ!!」」」

一際大きな悲鳴が前方で上がる。

最初に突進してきた魔狼族(ワーグ)の部隊が勢いを取り戻し、そこまで来ていた。

レドベンの瞳が、先頭の白銀の魔狼族(ワーグ)と目が合う。

見つけた、と言わんばかりに紅蓮の瞳が閃くのが見えた。

魔狼族(ワーグ)は重装歩兵に手を焼いていたが、その重装歩兵も呪いの武具に侵(おか)されていたのだ。

前方でも同士討ちが始まり、もはや魔狼族(ワーグ)の突進を止めるどころではなかった。

「くっ！　このままで魔狼族(ワーグ)に食い破られるぞ！」

早くもメッツァー軍最大のピンチを迎える。だが、逆にレドベンの頭は不思議とクリアだった。

死中に活というわけではないが、自然と自分がやらなければならないことを理解する。

そのためには呪いの武具による同士討ちをなんとかしなければならない。

「魔法兵！　前方の援護魔法を即時中止せよ!!　解呪魔法を用いて、武具の呪いを解くのだ!!」

まずは元凶を断つ。幸い魔法兵に呪いの武具の影響はない。

魔法兵たちはすぐに呪唱を中止すると、解呪魔法を唱え始めた。

その時、ふっとレドベンの頭上を何かが飛んでいく。

飛竜だろうか。地上の状況を見て、援護しにきてくれたのかもしれない。

レドベンは顔を上げる。眼鏡越しに見たそれは、飛竜とはかけ離れたものであった。

スライムだ。

くるくると回りながら、レドベンの中央部隊の上を通り、後背の魔法兵へと飛んでいく。

スライムは魔法兵に貼り付くと、その口を塞いで呼吸を奪った。

「一体、どこから!!」

レドベンは前を向いた。スライムを投げつける――冗談みたいな攻撃を繰り出した悪戯小僧を捜す。

真犯人は意外と近くに存在した。

魔狼族（ワーグ）だ。援護魔法から解呪魔法を切り替える瞬間を見計らい、密かに背負っていたスライムを後方に向かって投げつけていた。

腹が立つぐらい完璧なタイミングだ。おそらくレドベンの指示を読んでいたのだろう。

「まずい！　突破されるぞ!!」

レドベンは歩兵にすぐに魔法兵についたスライムを剥がすように命じる。

だが、後ろにばかり気を取られている場合ではない。

すでに魔狼族（ワーグ）はレドベンの眼前にまで迫っていた。

「レドベン様!!」

騎兵がレドベンに向かって飛び込んでくる。

次の瞬間、大きな爪がレドベンの鼻先をかすめた。

騎兵が飛び込んでこなければ、レドベンの首が飛んでいただろう。

勢いのあまりレドベンは騎兵とともに馬上から落ちる。すぐに立ち上がって、顔を上げた。

顎を上げた白銀の魔狼族と目が合う。

「チッ!」

舌打ちすると、レドベンを放置し、白銀の魔狼族は後方の魔法兵に襲いかかった。

魔法兵はいまだスライムから脱することができていない。魔法を唱えられない魔法兵など、平民と同じだ。魔狼族の襲撃を受け、魔法兵部隊はみるみる削り取られていった。

一瞬にして、八割以上の魔法兵を失う。

最後尾の魔法兵部隊が崩された——その意味の重大性にレドベンは息を呑むしかなかった。

「突破された! 八〇〇〇の我が兵が、たかだか二〇〇〇の魔狼族の突破を防ぎ切れなかった!!」

レドベンは恐怖した。突破を果たしたのは魔狼族だけではない。

この作戦を立てた者に対して震え上がった。敵の狙いは、単なる中央突破ではなかったのだ。呪いを解除させないために、最初から魔法兵を狙っていたのである。しかも魔法兵は最初の魔狼族の突撃後、通常よりも前に出ていた。戦術上致し方なかったとはいえ、これはレドベンのミスだ。

「おのれぇぇぇぇぇえええええええ!!」

瓦解しようとしている戦況の中で、レドベンは握り拳を地面に叩きつけた。

ようやく参謀は認識する。自分たちが相手をしているのは、単なる悪魔などではない。

深い読みと、明確な狙い。戦場の悪鬼とも言える相手と戦っていることを、今さら理解したのだ。

ぼとり……。

悔しがるレドベンの前に、突如何かが落ちてきた。

地面に大量の血が滲むのを見て、参謀は腰を抜かし、後退る。

それは人間の生首であった。

離れたところには、その胴体とおぼしきものが落下し、側には飛竜の骸も倒れている。

竜騎士だ。どうやら、呪いの武具の影響は竜騎士部隊も例外というわけではないらしい。

その時、レドベンの周囲に大きな影が広がった。

見上げると、飛竜が降りてくる。他と比べても一回り大きい飛竜を見て、主君バルケーノが空から降りてきたことを察した。

「何をしておる、レドベン!!」

竜の吠声か――と思えるような怒鳴り声が、戦場を貫く。

その大きさに、メッツァー軍はおろか魔族ですら驚き、動きを止めた。

戦場に一瞬の静けさが訪れる。

バルケーノは気にも留めず、尻餅を付いたレドベンの胸倉を掴み、無理やり立たせた。

「お前は我の参謀であろう」

「は、はひ……」

「ならば、この状況をどうにかせい！」

「お、恐れながら閣下……。敵が仕掛けたと思われる呪いの武具の影響があり、今、それを除去する力が我が軍には――」

レドベンが説明しようとしたその時だった。

バルケーノは大槍を振るう。呪いの武具を持ち、襲いかかってきた兵を薙ぎ払った。肋骨下から真っ二つに斬り裂かれた兵は、くるりと宙を舞って、地面に叩きつけられる。

むろん、即死であった。

「状況などわかっておるわ。呪いの武具に我が兵が操られていると言うなら、殺してしまえばいい」

「し、ししししかし、それは我が兵です、閣下。彼らはメッツァーの、閣下の兵であります」

「忘れたのか、レドベンよ。反乱軍の時にも言うたであろう。我ら人間の兵に手をあげるのは、人間に非ず。それは魔族だ。我らが憎む怨敵よぉ！」

すると、バルケーノは大槍の石突きを地面に向かって叩きつけた。

甲高い音が、わずかな余韻とともに戦場に広がる。

「総員傾注せよ。我らの前に立ちはだかるのは、すべて魔族だ。故に斬り捨てよ。悪魔も、悪魔の下僕となった者もすべて斬るが良い!!　わしが許す！」

バルケーノの言葉が、悪魔が吹いた喇叭のように響き渡った。

すると、動揺していた兵士の顔つきが変わる。ぐっと顎を締め、呪いの武具を持った仲間を見つめた。その視線は鋭く、まるで魔族を見るようだった。

「「「「おおおおおおお!!」」」」

あちこちで鬨の声が上がると、壮絶な同士討ちが始まった。

半狂乱になりながら、呪いの影響にない正常な兵たちが、同僚に襲いかかる。

血しぶきが舞った。戦場ではありふれた光景だが、通常と意味合いが全く違う。まさに地獄だ。

レドベンは呆然と戦場を見つめ、横でバルケーノは愉快そうに笑った。

「くはははははは! お前より兵士たちの方がよっぽど肝が据わっておるようではないか。反乱軍鎮圧の甲斐があったな。皆、童貞を捨てておる」

バルケーノはポンとレドベンの肩を叩く。

「さあ、お前も、自分の役目をこなせ、我が参謀よ」

「……わ、わかりました」

ようやく動揺から脱したレドベンは、眼鏡を上げる。

「各部隊に告げる。侵攻する魔狼族の部隊と逆方向になるように前進。そのまま集合し、隊列を整えろ! 今からでも遅くはない! 魔狼族の後背を突くぞ!!」

おおおおお!! と兵たちの声が揃い、参謀の命令に応えた。

レドベンの号令の下、魔狼族の部隊によって分断されたメッツァー軍は前進する。魔狼族の部隊の後背に集結すると、隊列を整えた。

バルケーノは髭をさする。

「戦略として正しいが……。レドベンよ。このままでは敵本隊と魔狼族(ワーグ)の間に、我ら本隊が挟まれる形になるぞ」

「構いません。相手の本隊はアンデッドやゴブリンです。たとえ、後ろから刺されたとしても、大した被害にはなりません。それに閣下――」

眼鏡越しにレドベンは、バルケーノを睨む。ようやく参謀も決心がついたらしい。

「我々にはまだ竜騎士部隊がいます」

「ぐふふふ……。我を顎で使うか、レドベンよ」

「参謀に任命したのは、閣下です。本隊の殲滅(せんめつ)。一五〇騎ほどですが、いけますね」

「誰に言っておる」

レドベンの頭を叩く。本人は撫でた程度と思っているのだろうが、レドベンからすれば背が縮むかと思うほど痛かった。

「我、一人でも十分よ。……それにの」

バルケーノは少し離れたところに布陣した敵本隊を眺める。

「あやつとの決着がついておらんのだ」

手綱(たづな)を握ると、愛竜はすぐに応えた。雄々しく翼を動かすと、ふわりと浮き上がる。

「ここはお任せください。必ず魔狼族(ワーグ)どもを討ち果たしてみせます」

「応！　後で会おう、我が参謀よ」

「はっ！」

レドベンは敬礼し、主君を見送る。

バルケーノは歯茎(はぐき)を剥きだし、重い雲がたれ込めた空へと消えていった。

✣

自軍が中央突破したのをヴァロウは本陣から見届ける。

魔狼族(ワーグ)の遠吠えを聞き、作戦の第一段階が完了したことを確認した。

ヴァロウにとって、怖いのはメッツァーが誇る竜騎士部隊などではない。

魔法兵部隊だ。

何故なら彼らが武具を手にすることは珍しい。魔法性能を上昇させるための黒金糸のローブや守護印ぐらいだろう。さすがに、そこまで用意はできなかったのだ。

だから、比較的動揺の小さい魔法兵部隊を魔狼族(ワーグ)に強襲させたのである。

「やりましたよ、ヴァロウ様」

横のメトラは無邪気に手を叩き、中央突破という戦果を喜ぶ。

だが、ヴァロウからすればその戦果はさほど嬉しいことではない。敵が分断されたことによって、そのまま指揮系統を乱してくれればいいが、そこまでの効果はなかった。

「さすがはメッツァーの参謀レドベンと、それを鍛えてきたバルケーノだな」

ヴァロウも感心し、素直に敵に賛辞を送った。

すぐに隊の動揺を抑えると、メッツァー軍は前進し、第四師団の後背を突く動きを見せる。

だが、ヴァロウからすれば何もかもが遅い。戦いになる前から、軍師はこの状況を読んでいた。

「メトラ……」

「は、はい！」

興奮気味のメトラは、慌てて振り返った。

「アルパヤを呼べ。そろそろ来るぞ」

「来る、とは……」

ヴァロウは上空に顔を向ける。

飛竜に騎乗した竜騎士が、こちらに矛を向けていた。

「竜騎士部隊!!」

メッツァーの主力とも言える部隊が、ついに魔族軍本体に牙を剥こうとしている。

その先頭の男は、少し離れた距離からでもわかるほどの偉丈夫だった。

ヴァロウはずっと座っていた椅子から立ち上がり、剣を引き抜く。

「さて――。決着をつけようか、『竜王』バルケーノ・アノゥ・シュットガレン」

ヴァロウは口角を歪める。

その視線の先には、竜騎士部隊を率いるバルケーノの姿があった。

今まさにゴブリン・アンデッドを主力とした第六師団本隊に襲いかかろうとしている。ぎょろりと目玉を動かし、ヴァロウたちを捉えた。するとバルケーノは大槍の柄を脇に挟んで構える。

口を目一杯開き、号令を響かせた。

「かかれ!!」

竜騎士部隊が突撃してくる。

興奮した飛竜が、首を動かしながら、鋭く嘶いた。

同時に、ヴァロウも動く。

「アルパヤ！　布を開け!!」

「う、うん！」

側にいたアルパヤが頷く。

ゴブリンとドワーフで構成された工兵部隊に指示を出すと、後方に置いていた荷の紐を解いた。

現れたのは、十門の火槍だ。

成人男性の足よりも一回り大きな穴に、周りは鉄でできている。鉄筒の下からは短い導火線が出ていた。これに火を付け、中の火薬に引火させると、その熱量を使って鉄の塊を打ち出す兵器である。

「馬鹿め！　火槍なんぞ我らが手塩に育てた飛竜に当たるものか!!」

バルケーノが率いる竜騎士部隊は並んだ火槍を見ても、怯まない。

速度を維持し、第六師団に襲いかかってくる。火槍はさして珍しい兵器ではない。金のかかる魔法兵部隊を組織できない都市では、未だに主力武器として配備されていた。

だが、連射が利かない上、精度も大したことがない。それなら費用を負担してでも、魔法兵部隊を揃えたり、火槍よりも構造的に安易で安価な大弩弓が好まれた。

今では、最前線ではほとんど使われていない兵器である。
故に火槍＝使えない兵器というイメージが根強い。
だから、バルケーノはこの時火槍を侮ったのである。
「放て！」
ヴァロウの指示が飛ぶと、アルパヤは合図となる旗を上げた。
一斉に導火線に火を付ける。
瞬間、十門の火槍が火を吹いた。
地を揺るがすような音を立て、砲弾が放たれる。鋭い音を立てて、空へと上がった。
その速度は凄まじいものだったが、飛竜たちの旋回能力の方が上回っていたようだ。
飛んできた砲弾に対し、翼を翻し回避した。

「ふんっ！」
飛んできた砲弾を躱すと、バルケーノは得意げに笑った。
覚悟しろ、と叫んだ瞬間、事は起こる。
バアァァアアァァアアァァアァァアアァァァァァ!!
爆発音が空に響き渡る。砲弾が破裂したのだ。
バルケーノは視界に広がった光を見て、驚いた。
花火である。

大輪の華が大空に咲いていた。同時に、大量の花火が竜騎士部隊に降り注ぐ。

たちまち部隊は混乱状態に陥った。

「馬鹿者！　落ち着け！　たかだか花火ではないか!!」

バルケーノは空で一旦停止し、部隊に呼びかける。

そうだ。バルケーノの言う通り、たかだか花火である。

だが、異変は自分の愛竜にも起こった。突如、暴れ出すとなんと大輪の花が咲く方へと、愛竜が動き出したのだ。鼻息は荒く、興奮しながら愛竜は主人の指示を無視し、空を滑空する。花火に反応したのかと思えば違う。突然むちゃくちゃな軌道で飛び始めたのだ。

「くそっ!!　一体何が起こっておる!!」

バルケーノは無理矢理手綱を引くが、愛竜の興奮は収まらない。激しく威嚇しながら、主人の指示を無視し続ける。他の竜騎士の竜にも同様のことが起こっていた。

飛竜は竜騎士の命令を受け入れず暴れる。ついには、飛竜と飛竜が空中で衝突を始めた。そのあおりを食らって、竜騎士が空に投げ出されると、地面に激突し即死する。

そうしたことは、空のあちこちで起こっていた。

飛竜同士が衝突、あるいは暴れた飛竜に振り落とされ、竜騎士の数が減らされていく。

鎧のおかげで生きていても、地上にいたアンデッドの部隊が現れ、トドメを刺していった。

「ぎゃあああああああああ!!」

耳を塞ぎたくなるような竜騎士たちの絶望的な悲鳴が響く。

一五〇騎の竜騎士部隊は、気がつけば十分の一以下になっていた。

「何が起こっておる……」

バルケーノはただただ目を大きく丸めることしかできなかった。

明らかに正気を失った飛竜たち。その飛竜から落ちていく屈強な竜騎士。

バルケーノ自ら槍を携え、鍛えあげた竜騎士部隊が、今や壊滅の危機にあった。

戦歴の長いバルケーノでも、一体何が起こっているのか分析することさえ難しい。

ただ三つはっきりしていることがある。この事態を誘引したのが、あの花火であることと、目の前で起こっていることは決して偶然ではなく、明確な意図の下で行われていること。最後に誰かがこの凶状を考え出したということだった。

その時、バルケーノに迫る飛竜の姿があった。

衝突するという瞬間、バルケーノは大槍を振り下ろす。

飛竜の首を狩り、無理やり衝突を回避した。当然、飛竜は落下をはじめ、騎乗していた竜騎士は
「閣下！」と悲鳴を上げながら、地面に叩きつけられる。

ふん、と息を吐き、バルケーノは眼下を見据えた。

ちょうどヘーゼル色の瞳と視線が混じりあう。

「おのれぇぇえええええ!!　ヴァロウォォォォオオオオオオ!!」

バルケーノは空の上でまさしく竜の如く吠えるのだった。

✣

花火の威力に驚いていたのは、メッツァー軍竜騎士部隊だけではなかった。

それを実行指揮したアルパヤも目を丸くする。副官補佐のメトラも固まり、次から次へと落ちてくる竜騎士に目を見張った。

だが、ヴァロウだけは違う。剣を地面に突き立て、地と空の間を眺めていた。

「すごい！　花火だけで、竜騎士を……」

「違うな。あれは通常の花火ではない」

メトラはやっとのことで声を漏らしたが、ヴァロウは即座にそれを否定した。

背後のアルパヤに振り返り、口を開く。

「よくやった、アルパヤ」

戦後ならいざ知らず、戦さの最中でヴァロウが部下を褒めるのは珍しい。

それだけアルパヤの兵器の出来が良かったということだ。

その褒め言葉を聞いて、アルパヤの褐色の肌は明らかに赤くなる。

ベレー帽を脱ぎ、照れくさそうにくすんだ灰色の髪を掻いた。

「ボクも驚いたよ。まさか花火で、あの竜騎士部隊を壊滅状態に追い詰めるなんて」

アルパヤが放ったのは、単なる花火ではない。

特定の熱量と、人間が聞こえる音域を超えた——超音波を発生させるものである。

聞き慣れない言葉に、メトラは首を傾げた。

「超音波、ですか？」

「元々飛竜というのは、我ら魔族の特徴を研究し、掛け合わせた合成生物だ。当然、合成させた種族の特徴を引き継いでいる。その一つが超音波だ」

合成された種族の内の一つ、鳥人族(バルチャー)は超音波を発し、その音の反射によって距離を算出して、障害を回避している。鳥人族(バルチャー)同士では混線しないようにそれぞれ固有の周波数があり、この特徴によって仲間同士の空中衝突を避けることを可能にしていた。

飛竜は魔族を研究し、その特徴を掛け合わせて作った魔導生物である。故に、飛竜の中には鳥人族(バルチャー)と同じ機能があると、ヴァロウは睨み、鳥人族(バルチャー)が鳴らす音域を乱す花火を開発させたのだ。

結果は見ての通りである。飛竜が放つ音域が乱れたことによって、飛竜は距離感覚を失った。あちこちで飛竜同士の衝突が起こったのも、そのせいである。

「では、熱はどういった意味があるのでしょうか？」

メトラは学生のように質問すると、教師役のヴァロウは淡々と説明した。

「飛竜には熱を可視化(かしか)する能力がある」

「熱を……可視化ですか!?」

「別に驚くようなことではない。これは竜人族(リザード)の特徴だからな」

熱を可視化することによって得るメリットは、やはり夜間でも活動できるからだろう。薄暗い中でも、周囲の温度を確認し、獲物と仲間を識別できるのが、竜人族(リザード)の大きな特徴だ。当然、魔族の特徴をいいとこ取りした飛竜にも、その機能は備わっていた。

特に飛竜は、幼少の頃から戦闘生物として育てられる。魔族の体温に反応するように訓練されているため、基本的に人を襲わない。だから、ヴァロウは魔族の体温と同じ設定の熱を出せる花火を作るようアルパヤに指示したのだ。

ドワーフは土と鉄の種族である。穴掘りと同じく発破(はっぱ)――つまり火薬の知識にも長けていた。発する熱の調整など朝飯前なのだ。

「だから、この混乱が起きたということですか。さすがは、ヴァロウ様」

改めて深く敬服し、メトラは頭を下げた。ヴァロウはその賛辞を無表情で受ける。

空を見上げた時、寂しそうに飛んでいるバルケーノが、こちらを見ているのがわかった。

「バルケーノ、残念だったな。お前は飛竜の育て方においては超一流だろう。しかしその生物の特徴を知らなさすぎたのだ」


俺は魔族だ。その魔族の特徴もまた俺が把握していないはずがないだろう。

ヴァロウは手の平を掲げる。

宙に浮くバルケーノを己の手の平の上に載せるようにかざすのだった。

✣

ヴァロウたちが打ち上げた花火は、メッツァー軍本隊からも確認できていた。

その不思議な音と、戦場を覆うような大輪の華に、レドベンは戦慄(せんりつ)する。

直後悪夢は空から落ちてきた。次々と落とされていく竜騎士たちを見て、顔を青白くさせる。

メッツァーの主力である竜騎士部隊が壊滅していく。玩具(おもちゃ)のような兵器によってだ。

レドベンは最初こそ驚いたが、しばらくして腹の中から沸々と怒りが湧き上がってきた。

一方、本隊兵士たちにも動揺が広がっていた。

「レドベン参謀！」

「助けに行きましょう！」

「このままではバルケーノ様が……」

「狼狽(うろた)えるな!!」

軍の中では小心者と笑われることが多いレドベンが、珍しく吠えた。

「貴様らの大将は誰だ？　総司令官は誰だ？」

「ば、バルケーノ様です……」

「そうだ。我らの大将はバルケーノ様だ。花火がどうした!?　部隊が壊滅したからどうだと言うのだ。

あそこにいるのは、一騎当千の『竜王』バルケーノ様だぞ!!　バルケーノ様であれば、必ずや悪魔を討ち払ってくれるはずだ！」

兵の動揺が収まっていくのを見ながら、レドベンはもう一押しする。

「それでもバルケーノ様を信じられないと言うなら、助けに行くがよい。その代わり、私は知らんぞ。一度戦場で血気盛んとなられたあの方には、敵も味方もない。その首、バルケーノ様に捧げたいのであれば、今すぐこの戦場を抜けて助けに行け！」

レドベンはまくし立てた。

今ここで最悪なのは、バルケーノが討たれることではない。部隊の全滅である。仮に主君を助けに行けば、魔狼族(ワーグ)部隊が必ず追撃してくるだろう。機動力のある魔狼族(ワーグ)は、追撃戦を得意とする。背を向ければ、たちまち襲いかかってくるはずだ。

重要なのは、今目の前にいる魔狼族(ワーグ)部隊を壊滅させることである。

中央突破を許したが、まだ四五〇〇もの兵は健在だ。

逆に向こうは強引な中央突破をしたおかげで、一七〇〇まで数を減らしていた。

二倍以上の兵力差――どちらが優位かは、子どもでもわかる。

「この一戦、絶対に勝つ！　声を上げろ!!　バルケーノ様に捧げるのだ!!」

レドベンは馬上で剣を掲げる。

すると、兵たちもそれぞれの武器を空にいるバルケーノに向かって突き上げた。

「「「おおおおおおおおおおおおおおおおおおおおお!!」」」

すさまじい鬨(とき)の声が、大竜となって戦場を駆け巡る。

「レドベン、よく言ったぞ」

酒焼けした声が降ってきた。一瞬、バルケーノかと思ったが違う。

それはレドベンよりも頭二つ大きい重装歩兵だった。手には大金鎚(おおかなづち)を握り、異様なオーラを辺りに振りまいている。バルケーノ同様、呪いを受けた味方をその古ぼけた得物で屠(ほふ)ってきたのだろう。全身を覆う鎧には、魔族の血よりも人の血の方が多く付着していた。

「ヴァモット様!!」

重装歩兵部隊隊長のヴァモットだった。バルケーノの従兄弟である異形の男は、戦闘においても心強い味方だ。その膂力はあのバルケーノですら舌を巻いたというほどである。

バルケーノと歳が近いというのは知っているが、その素顔を見たものは誰もいない。

何故なら、眠る時も食事をする時もヴァモットは、鎧を着ているからだ。

ある戦場で魔族の炎息をまともに食らい、重度の火傷を負ったらしい。以来、ずっとああして鎧を纏っている。一説によれば、溶けた肌が鎧に付着し、取れなくなってしまったそうだが、真偽は定かではなかった。ともかく魔族に対する怨讐(おんしゅう)は軍団一と言えるかもしれない。

「ヤツらのことは、おでに任せろ。とっととぶっつぶして、戦場を魔族の血で満たしてやろうぜ。いひ、ひひひひ……」

ヴァモットは笑う。その声は兜の中で反響して、より怪奇に響き渡った。

レドベンは一瞬呆然としたが、すぐに襟(えり)を正す。何を考えているのか、バルケーノ以上にわからない人間だが、今はその不気味さが逆に頼もしかった。

「お願いします、ヴァモット様」

レドベンは一礼する。

すると、ヴァモットは大金鎚を掲げ、隊列の先頭へと出て行った。

✣

花火の光と音は、ベガラスクが率いる第四師団がいる戦場からでも確認できた。

次々と地上へと落ちていく竜騎士たちを見て、魔狼族も驚いている。一応、事前説明を受けていたベガラスクでさえ、上顎を上げて唖然としていた。

数において不利と考えられてきた第六師団が、あっという間に形勢を逆転させる。

その鮮やかと言える手並みに、ベガラスクは嫉妬を禁じ得なかった。

「どうしたい、ベガラスクの旦那」

師団長であり、ヴァロウと同じ魔王の副官であるベガラスクの背中を無遠慮に叩いたのは、ザガスだった。第四師団とともに先頭に立ち、中央突破の立役者の一人となった彼は、本隊から離れ、再突撃する機会を待っている。

「貴様!! 師団は違えど、オレはお前の上官だと何度――」

「関係ねぇよ」

「はっ?」

「ヴァロウはヴァロウ……。あんたはあんただ」

「お前――」

「あんたの戦い方は悪くねぇ。バカみたいに突撃していく猪戦術だ。まっ――ヴァロウみたいな陰険野郎にはバカにされるだろうけどな」

「バカバカ言うな、この大バカ者！」

「へへ……。でも、戦場において、そのバカをやるのも時には必要だ。あんたはあんたの仕事をして、胸を張ればいい。さっきも言ったが、あんたの戦い方は嫌いじゃねぇ」

ザガスは三白眼を大きく開き、にぃと子どものように笑う。

皮肉から来る台詞ではないことはすぐにわかった。心底嬉しそうに笑うザガスを見て、ベガラスクは少し救われる。思わず尻尾を振りそうになるが、慌てて止めた。

「ふん！　貴様のように脳に筋肉が詰まっているようなヤツに褒められても、嬉しくないわ」

「かかっ！　そいつはお互い様だ」

「それよりもお前……。本隊に戻らなくていいのか？　ヴァロウのことはともかく、お前ならあの『竜王』に真っ直ぐ飛びつくかと思ったのだが」

短い間だが、ベガラスクはザガスの性格を見抜いていた。

強い者と戦う。そして血の一滴まで絞りつくし、敗北する。

絵に描いたような破滅主義者だ。

だが、ベガラスクも理解できないわけじゃない。自分にも少しそういう面があるからだ。

武人としてとことん戦いたい——そんな気持ちがないわけではなかった。その侘しさすら感じる感情に応えてくれる敵は、この戦場においてバルケーノぐらいだと、ベガラスクは理解していた。

「興味ねぇ」

「ほう……」

「ああいう手合いは何にも考えていないように見えて、頭の中ではごちゃごちゃ考えているタイプだ。そういうのは陰険なヴァロウの野郎にくれてやるさ」

「ふふ……。なるほどな」

「オレ様はあっちで我慢してやるよ」

ザガスは前を向くと、ちょうど目が合った。

全身を鎧で覆い、大金鎚を持った男がメッツァー軍本隊の先頭に立っている。

その大金鎚はテーランの守備隊であったゲラドヴァよりも大きく、その腕は牛一頭ぐらいなら軽く捻り潰せそうな程太かった。

「邪魔すんなよ、ベガラスクの旦那」

「オレの趣味じゃない。あと、その呼び方はやめろ」

「行くぜ!!」

ザガスは笑った。瞬間、ベガラスクの遠吠えが響き渡る。

「かかれぇぇぇぇぇええええ!!」

互いの指揮官の号令が戦場で弾けた。

ザガスは走る。その速さは周りを走る魔狼族（ワーグ）に引けを取らない。

地面を抉（えぐ）り飛ばしながら、ひたすら獲物を狙った。

ヴァモットはザガスを目にし、立ち止まる。大きく大金鎚を高々と掲げた。

「来いぃぃいぃいぃいぃいぃいぃいぃいい!!」

ヴァモットが裂帛（れっぱく）の気合いを吐き出せば、ザガスもまた棍棒を振り上げて応えた。

ゴォン！　と鐘楼（しょうろう）をそのままひっくり返したような音が戦場に鳴り響く。

押し込まれたのは、ザガスの方だった。振りの速度で、わずかに負けたのだ。

ヴァモットはまるで勝ったように笑う。兜（かぶと）の向こうの瞳が怪しく歪んだ。

「お前、人鬼族（ワーオーガ）だな！」

「それがどうした肉団子！」

「昔、お前のような人鬼族（ワーオーガ）とおで、やりやったことがある。ぺちゃんこにしてやった」

ヴァモットは口を目いっぱい裂き、挑発的に笑う。

「おではよう……。一発ってのは嫌いなんだ。じっくりと壊していくのが好きでよ。そいつは足から壊したなぁ。次に手だ。次に腕……あで？　腹だったかな？」

「てめぇの性癖なんて聞いてねぇよ」

「ひぃひぃ息を吐きながら、悲鳴を上げてたぜ。そいつは女の人鬼族（ワーオーガ）でよ。その声がたまらなくそそるんだ。人間の女をぶっ壊してるみたいでよ。そういやあ、なんか名前を言ってたなぁ。ゴドラムさまぁ～ってよ」

「あ゛あ……」

「でよ！　それ以来、その体験が忘れられなくてよ。反乱軍鎮圧の時、ついやっちゃったんだわ。もう最高でよ。女、子ども、ババア……分け隔てなくやってやってでよ。あの時は楽しかったなあ」

ヴァモットの兜の下から液が垂れる。ぬらりと光ったそれは、ヴァモットの涎(よだれ)だった。

「遠目から見ただけだがよ。お前たちの本隊のとこに魔族の女がいるよなあ。あいつはどんな風に鳴くのかなあ………って、あれ？　なんで、おで……押し込まれているんだ？」

愉快(ゆかい)げに語っていたヴァモットはようやく気付く。

先ほどまで自分が押し込んでいたはずなのに、いつの間にか形勢は逆転し、ヴァモットが背を反りながら、ザガスの棍棒を受け止めるような姿勢になっていた。

そして、ザガスの瞳が鋭く光る。炎のように三白眼が揺らぎ、カァと息を吐いた。

「てめぇ……」

「な、なんだ！　この力！　嘘だろ！　おではあの人鬼族(ワーオーガ)にだって」

「その辺の雑魚魔族と一緒にするんじゃねぇよ」

「は、はあ？？」

「あとな。てめぇはオレ様の逆鱗(げきりん)に触れた!!」

「な、なにぃ！　おでが何言――――」

「黙れ、イカれ野郎……」

ザガスはヴァモットの大金槌(おおかなづち)を軽々と弾く。ヴァモットは弾みで尻餅を付いた。ザガスから漏れ出る殺気に竦み上がり、逃げを打つ。助けて、と手を伸ばしたが、彼に手を差し出す者は現れない。

代わりに降ってきたのは、鬼が振るう巨大な棍棒だった。


オレ様の前で、ゴドラムの名前を出すな！！！！


ぐしゃっ‼

まるで鉄の塊を潰したような音が響く。

ザガスの棍棒はヴァモットの兜を粉砕し、さらにその頭を潰していた。

完全に首が身体の中にめり込む。断末魔の悲鳴はなく、鮮血がザガスの頬にかかるのみだった。

「チッ！　嫌なことを思い出させやがって！　バルケーノって野郎と戦っていた方がよっぽどマシだったんじゃねぇか」

ザガスは頬にべったりとついた血を拭うのだった。


武将ヴァモット討ち死に……。

その報はメッツァー軍本隊を震え上がらせた。

ついに戦線は崩壊する。戦場から離脱者が現れたのだ。

だが、魔狼族は手を緩めない。敗走を始めた人間を追いかけ、血祭りにしていった。

総崩れとなった本隊を立て直せるほど、レドベンに武将としての求心力はない。

その彼の前に再び白銀の魔狼族が出現した。

「ひぃいいいぃいぃいぃいいいぃいぃ!!」

レドベンの悲鳴が壊れた撥条時計のように響く。

だが、それは長く続かない。勝負は一瞬だった。

レドベンの首が胴から切り離される。眼鏡と一緒に中空を回転し、戦場に転がった。

これが決定打となる。

メッツァー軍は蜘蛛の子を散らすように逃げ惑うのだった。

✠

「おのれぇぇえええええ!!! ヴァロウォォォォオオオオオオ!!!!」

バルケーノは上空で吠える。

ギョロリとした目玉に炎を宿し、やっと落ち着き始めた愛竜の首を叩いた。一転攻勢だとばかりに、大槍を振るい、飛竜とともにヴァロウに向かって突撃を開始する。

敵将ヴァロウは動かず、剣を地面に突き立てたままの体勢で、襲い来るバルケーノを迎え撃った。

距離にして約十歩と迫った時、ヴァロウが口を開く。

「放て!!」

その号令の直後、一直線にヴァロウに向かって飛んできた飛竜の体勢が傾く。

腹の部分を晒し、万歳するように翼を広げた。その姿は騎乗者を守ったようにも見える。

バルケーノは一瞬、何が起こったかわからないまま、生暖かい愛竜の血を浴びた。

飛竜の腹に大槍が刺さっていた。一本だけではなく、何本もの槍が竜の身体を貫いていたのだ。

バルケーノの視線が動く。すると、ヴァロウの後ろで、大弩弓を引く工兵の姿を見つけた。すでに次弾は装填され、こちらに照準を合わせている。

「おのれ‼」

バルケーノの怒りの炎はますます燃え上がる。

しかし、その愛竜は花火の燃えかすのように地面に落ちていった。

大きな土煙を上げ地面に激突した瞬間、バルケーノは飛竜から投げ出される。

七〇に手が届こうかという老将は地面に倒れ伏すも、しぶとく生きていた。

痛みを無視するように立ち上がり、鋭い眼光をヴァロウに向かって叩きつける。

その横で今にも死に絶えそうな愛竜が力無い声で鳴いていた。時折、長い首をもたげた姿は、主に助けを求め、手を伸ばしているように見える。

バルケーノは大槍を持ち上げると、大きく薙ぎ払う。愛竜の首が飛んだ。どぶっと気色悪い音を立てて、血が噴出し、愛竜は息絶える。自分が手塩に育ててきた愛竜を自らの手で殺したにも関わらず、バルケーノの口元には笑みが浮かんでいた。

もうすでにこの時、彼の頭の中には愛竜と過ごした日々が忘れ去られていた。

不安定な義足で土を掻き、ややふらつきながら、ヴァロウに近づいてくる。危機であればあるほど、その口元は愉快げに歪んだ。

「かかっ！　これであの時と状況は同じだな」

あの時というのは、メッツァー南方の森で一戦交えた時のことを言っているのだろう。

確かに、あの時飛竜の頭はヴァロウによって斬り飛ばされていた。

側にはメトラがいて、ゴブリンがバルケーノを囲んでいる。奇しくも人員の配置も似ていた。違うのはザガスがいないことと、数と規模ぐらいだろう。

あの時もそうだった。不利な状況であっても、『竜王』バルケーノは笑っていた。

「ヴァロウ、貴様に改めて一騎打ちを申し出る！　さあ！　存分に戦おうぞ！！！」

バルケーノは大槍を掲げ吠えると、切っ先をヴァロウへと向ける。

対してヴァロウは姿勢を崩さず、表情すら変えなかった。

「断る」

「なんだと！　なにゆえだ!?」

「必要ないからだ」

「必要ないだと!!」

バルケーノは憤激した。

彼にとって、ヴァロウとの再戦は望むところであった。むしろ待ち望んでいた。自分のすべてをぶつけられる相手――それが今目の前にいる敵将だからである。

結果、すげなく断られてしまった。『竜王』と恐れられた男が憤るのも、理解できないわけではない。だが、バルケーノの憤怒を感じても、ヴァロウは微動だにしなかった。

　剣を持ち上げても構えることはなく、ただ顎をしゃくる。

「後ろを見ろ」

「後ろ……？」

　バルケーノは大槍を肩に担ぎ、後ろを振り返った。

　おお……と声が漏れ出る。

　それはメッツァー軍本隊が別部隊と戦っていた戦場だった。今は薄く土煙が上がっており、視界が判然としない。だが、陽炎のように揺らぎながら、人が歩いてくる。

　否――人ではない。魔狼族だ。

　千数百という魔狼族が、メッツァー軍本隊を食い破り、魔族軍本隊と合流しようとしていた。

　そこにバルケーノの兵の姿はない。変わりに地面に転がっていたのは、おびただしい数のメッツァー兵の骸であった。コテンと調子外れな音を立てて、バルケーノの近くに転がってきたのは、参謀レドベンの首だ。カッと口を開き、苦悶の表情を浮かべている。

　すでに魔狼族に食われたのか、頭蓋の一部が剥がれ、脳漿が飛び出ていた。

「馬鹿な!!　メッツァー軍八〇〇〇の兵はどこへ行った!!　どこへ消えたと言うのだ!!」

　三六〇度隈無く見渡したが、味方はどこにもいない。

　人間で立っているのは、ただバルケーノ一人だけだった。

「メッツァー軍は全滅した。我ら第六師団三〇〇〇に食い破られたのだ」

「ふざけるな！　まだ終わっておらん！　我はまだこの通り生きておる！　今一度、言おう！　ヴァロウ！　我と一騎打ちをしろ!!」

「断る。もう戦いは決した。終わった戦場に興味はない」

「はっ！　そちらが来ないならば、こっちから行ってやるわ!!」

バルケーノは歩き出した。片方が義足ゆえ、その速度は並以下だ。

だが、ヴァロウは自ら前に出て、バルケーノと剣を交えることはしない。

じっと、その哀(あわ)れな猛将を睨んだ後、口だけを動かした。

「放て!!」

その瞬間、バルケーノに向かって一斉に矢が放たれる。

「この程度!!」

バルケーノは大槍を振るって降ってくる矢を跳ね返した。

纏(まと)っている鎧も分厚く、早々肉に届くことはない。

しかし、彼が受けたのは、一〇、二〇の矢ではなかった。

魔族軍の本隊は、千本の矢を一斉にバルケーノに浴びせる。矢の雨は、驚異的な圧力をもってバルケーノに降り注いだ。最初こそ大槍で弾いていたが、如何に『竜王』と言われたバルケーノでも、体力が無尽蔵(むじんぞう)というわけではなかった。息を切らし、振るう槍に冴えが失われた瞬間、鎧の継ぎ目に矢が刺さる。さらに矢は増え、気付けば針鼠ならぬ、矢鼠と化していた。

それでもバルケーノは息をしていた。

たまらず膝をついたものの、眼光の鋭さは決して衰えていない。

反抗的な目が、ヴァロウを射貫く。

「何故だ、ヴァロウ!! 何故、一騎打ちをせぬ!!」

「答えは先ほど言ったはずだ。必要ないと……」

「違うな! 怖いのだ!! この猛将にして『竜王』バルケーノが怖いのであろう!!」

バルケーノは嘲笑う。

安い挑発だとわかっていても、メトラは我慢できない。

ヴァロウがバカにされて、黙っていられるほど、秘書は大人ではないのだ。

自ら矢を引き、とどめを刺そうとした直後、別の方向から笑いが聞こえた。

ヴァロウだ。肩を揺すらし、くつくつと笑っている。

対峙するバルケーノと同じく、何か狂気じみていた。

「貴様が猛将だと……。将だと……。笑わせてくれる」

「な、なにぃ! 我を将と認めぬというのか!?」

「立場上はそうであろうよ。だが、お前は何か忘れていないか?」

「忘れる、我が……。何を……」

「簡単だ。同胞であるはずの反乱軍を虐殺し、今もなおメッツァーのあちこちでは、貧困で人が死んでいる。なのに、お前は自分の私利私欲のために戦端を開いた。ただ自分が将であろうとするあまり……。最後には実の娘すら手にかけた――違うか?」

「ルミルラを……殺した……。実の娘を…………」

メトラは息を呑む。ヴァロウの言葉は推測でしかないことはわかっていた。だが、バルケーノは言い返さない。その表情を見て、メトラも、そしてヴァロウ自身もルミルラの死を確信する。

やがてバルケーノは呟いた。

「………貴様。何が言いたい」

「そんな男が将を語るか。片腹痛いな、バルケーノよ。そういう人間をなんと言うか知っているか」


人殺し、と言うのだ。


「――――貴様ッ!!」

「お前は街角でナイフを構えたごろつきと変わらんのだ。戦場は家族のため、国のために戦う戦士の死に場所だ。お前のような汚れた人殺しが死んでいい場所ではない。だが、案ずるな。お前にふさわしい死に場所を俺は用意した」

ヴァロウはこの時初めて動く。手を掲げ、何か合図を送った。

すると、バルケーノを囲んでいた魔族の垣が割れる。

割れた先に現れたのは、人だ。それも女である。襤褸を纏い、特別美しいというわけではない。貧民街ならば、どこにでもいるような妙齢の女であった。

バルケーノが知らないのも無理はないだろう。彼女はヴァロウが以前、メッツァーの城門前で助けた母親である。その母親は魔族に囲まれ、ただ戸惑うばかりだった。

さらに膝を突くバルケーノに目で射抜かれ、「ひっ」と身を竦ませる。

「なんだ、女……」

恐怖で震える母親の代わりに、ヴァロウは説明した。

「その女は反乱の折、夫を亡くした未亡人だ。そして、つい先日病気だった息子も亡くした」

「……ふん！　だからどうしたと言うのだ!?」

「どうしたですって!?」

さっきまで恐怖に引きつっていた母親の顔が一転し、たちまち赤くなっていく。

今度は彼女がバルケーノを睨み返す番だった。

「私も夫も反乱には荷担していなかった。だけど、あなたたち兵隊は私の夫をゴミのように嬲り扱うと、最後に笑いながら殺した。私たちは何もしてないのに。ただ平穏に暮らしたいだけだったのに……。悪魔と罵り、お前の、お前の兵は夫を殺した。しかも、最愛の息子までもが……。うっ――――うわあああああ!!」

怒ったかと思えば、今度は泣き始めた。だが、すぐに顔を覆った指の間から、薄暗い色の眼光が放たれる。さしものバルケーノも、母親の迫力に押されて、「むぅ」と唸った。

その異様な雰囲気の中で、ヴァロウは高らかに宣言する。

「これより罪人バルケーノを処断する」

「ざ、罪人だと！」

「だが、我らは魔族である。人間の法律には従わん。魔族にも人間を裁くという判例はない。よって第六師団師団長ヴァロウが、独断を以て判断を下す」

バルケーノ……。貴様を私刑に処す。


「私刑だと！　我を裁くだと！　魔族がか⁉　笑わせるな！　一体何の権限があって……」

その時、バルケーノの前に人影が映る。

顔を上げた時には、鋭い刃が鎧の継ぎ目を狙って振り下ろされていた。

首筋からはわずかに逸れていたが、深々と首元に刃が刺さり、血が噴出する。

脳天を突くような痛みが、バルケーノに襲いかかると、さしもの猛将も悲鳴を上げた。

刺したのは、あの母親だ。暗い目をして、バルケーノを睨んでいる。

「女……。貴様ぁ‼」

それでもバルケーノは傷口を押さえながら立ち上がろうとする。

しかし、そこから一歩たりとも動くことはなかった。いや、動けなかった。

先ほどの女の一撃にしてもそうだ。バルケーノであれば、素人の攻撃など見てからでも余裕でかわすことができたはずである。しかし、反応できなかった。老いでもなければ、疲れでもない。まして負傷の影響とも認めたくなかった。そしてその段になって、バルケーノはようやく気付いたのだ。

「毒か……」

バルケーノは刺さった刃ではなく、矢を引き抜いた。

その鏃には毒が塗られていたようである。だからなのか、身体が思うように動かない。

すると、今度は誰かが背中の上にのしかかってきた。動けないバルケーノは為す術なく、地面に押し倒される。顎を強かに打ち、うつぶせになった。

その状態のバルケーノを取り囲んだのはゴブリンたちだ。一斉に飛びつくと、バルケーノが纏っていた鎧を脱がし始める。愛槍すら取り上げられ、猛将は裸一貫となった。

「ヴァロウ！　貴様、一体我に何をしたいのだッ！」

「聞いてなかったのか？　ならば、もう一度言おう。これは私刑だ……」

ヴァロウは合図を送ると、再び魔族の後ろから人間が現れた。

一人ではない。五〇、いや一〇〇人はいるだろうか。

大勢の人間が魔族の合間を縫って、バルケーノの方へと向かってくる。

皆、先ほどの母親と同じく薄暗い瞳をし、その奥から殺気を放っていた。

各々武器を握り、歯に怒りを溜め、ひたひたとバルケーノとの距離を詰めてくる。

殺気と怨嗟がまるで毒のようにバルケーノの周囲に溶け込んでいった。その毒はバルケーノの身体の中で這いずり回り、『竜王』を金縛りにする。

さらに空気に混じった殺気の影響か。それとも、処断されることになって初めてバルケーノが罪悪感を覚え、そう見えてしまったのか。真偽は定かではない。だが、一〇〇人以上の人間の中にあって、明らかに異形である人の姿を、バルケーノは大きな瞳で捉えていた。

落ちくぼんだ眼窩、血まみれの顔、手や足のない人間たち……。

それは、バルケーノに絡まった怨霊たちであった。

「────ッ！」

途端、バルケーノは息を呑む。

その怨霊の中にあって、バルケーノがよく知る人物が立っていたからだ。

黒い髪と白い肌。大きな黒目に生気はなく、ただ唇には血の跡がついていた。

その恰好は村人のようであったが、間違いない。

夢かうつつか……。バルケーノ自身が手にかけた娘────ルミルラがぼうと浮かんでいた。

「や、やめぇ！　やめろぉぉぉぉぉぉぉぉぉお！　来るなぁ!!」

とうとうバルケーノの口から悲鳴が上がる。

怨霊を振り払うように手を伸ばすが、やはり毒の影響で思うように動けない。

そんなメッツァーの領主を人間たちや怨霊たちが、たちまち取り囲んだ。

「頼む！　助けてくれ！　仕方なかったのだ！　我とて！　我とてこんなことを！」

バルケーノは亀の子になり、頭を抱えた。まるで折檻を受ける子どものように、許しを請う。

これが猛将の正体である。バルケーノはすべてを省みず、ただ己の戦功だけを誇りとし、最後には猛将として華々しい散り際を求めた。

だが、ヴァロウは許さなかった。

最期の最期に、バルケーノに罪と対峙することを強要したのである。

ただ戦場にのみ己を見出し、虚飾を重ねた猛将。

「バルケーノよ。そういう人間をなんと言うか知っているか？」


裸の王様と言うのだ。


まさに今のバルケーノの姿そのものであった。

瞬間、亀の子になったバルケーノに一〇〇の刃が振り下ろされる。

それも一度や二度ではなく、何度も、何度も振り下ろされた。

「きひひひひひひ！」

「ぎゃぎゃぎゃぎゃ！」

「ひゃあああああ！」

奇声が上がり始めた途端、バルケーノに刃を振り下ろしていた人間の表情に変化が生まれる。

いや、肌の色そのものが変わり始めていた。

顔面が赤黒く染まり、赤い眼光が蠢く。一体腹のどこからそんな音を出せるのかわからず、奇声を上げ続けていた。すでに身体は限界を迎えているはず。なのにバルケーノを突き刺し続けた。

「ヴァロウ様……。これは――」

メトラは慌てるが、当のヴァロウ本人は冷静だった。

「狂人化だな」

大気や人間、魔族の中には、魔素という魔力の原料となるものが含まれている。その性質は精神によって左右され、時に身体の変化を促すこともあると言う。その顕著な例が、狂人化である。

極限の精神状態になった時、理性は破壊され、人間らしさを失う。その性質は、魔族に近い。洗脳することは容易く、訓練すれば『狂戦士』として戦列に加えることも可能だった。

「彼らの狂人化は避けられなかった。いずれ精神のたがが外れ、暴走した魔素によって自ずと廃人になっていただろう」

「彼らを生かす道はこれしかなかった、と……」

メトラは少し強い口調で言うが、ヴァロウを責める気にはならなかった。

「残酷だと思うか？」

「はい。ですが……。あなたが背負うなら、私も背負うだけです」

メトラの言葉を聞いた後、ヴァロウは「やめろ」と合図を送る。すると、狂人化した人間たちはぴたりと手を止めた。そしてヴァロウはバルケーノの前に進み出る。

全身を朱に染めようとも、バルケーノは生きていた。すでに虫の息ではあったが、鋭い眼光は健在のままだ。近づいて来たヴァロウを噛みつかんばかりに睨み付けた。

「バルケーノ、貴様に聞きたいことがある。十五年前の話だ。メトラ王女が殺される前に、お前は彼女と謁見しているな」

「きさ、ま……。やはり……あの小僧か…………」

「答えろ。そうすれば、最期に我が剣で以て、とどめをくれてやろう」

「くく……。一体何のつもりだ？　復讐、か？　無駄だ……。貴様には無理だ。……この世界はすでに、くさっておる」

「だから、お前はせめて将として綺麗な散り際を望んだのか。実の娘を殺してでも……」

「人は増えすぎた。八〇〇〇人を……失っても、またいくらでも生まれてくる。覚えておけ、ヴァロウよ。人の命など存外軽いものよ……。そしてお前が相手にしようとしているのは、そういう輩だ」

「………」

「上級貴族に気を付けよ…………。特にダレ、マイル……には…………」

ついにバルケーノの意識が切れると、ヴァロウは剣を抜いた。

直後、鋭い音が鳴り、バルケーノの首が転がる。

苦悶の表情を浮かべ、飛竜と共に飛んだ空に視線を投げかけていた。

ヴァロウはバルケーノの命を摘み、討ち取ったのではない。ついに処断したのだ。

転がった首級（みしるし）の髪を乱暴に掴み上げ、皆の前にさらし上げる。

「メッツァー城塞都市領主バルケーノを、ここに処断した！」

ヴァロウの言葉に、歓声が沸き上がる。

熱狂的な声を上げ、人間も魔族もバルケーノの死と、魔族の勝利を喜んでいた。

こうしてメッツァー軍は全滅する。

八〇〇〇いた兵は、ほぼ〇に近い。対して、魔族軍三〇〇〇は、二五〇〇。

倍数の敵に対して、この戦果は完勝と言っていい勝ち方であった。

Vallow of Rebellion

Jyokyukizoku ni Bousatsu Sareta Gunshi ha Maou no Fukukan ni Tensei shi, Fukushu wo Chikau

メッツァー軍敗北。

その同時刻、リントリッドから派遣されてきた本国軍は、大要塞同盟と本国の境付近に展開していたままだった。近くの村を接収し、大要塞同盟の動きを静観していたリントリッド軍総司令官ダレマイル・ゼノ・チューザーは、借り受けた村長宅で目を覚ます。

わざわざ本国から持ってきた天蓋付きのベッドの上でひと伸びをした後、軽く顎を撫でた。

やや髭の伸びが気になったダレマイルは、ベッドから出ようと手を突く。

すると、妙に柔らかい感触があった。女の乳房だ。

「おやおや……」

ダレマイルは手を離し、汚らわしいとばかりにプラプラと手を振る。

女の肌は人の体温とは思えないほど冷たく、乳首は鋭く突起したまま硬くなっていた。

口から泡を吹き、女は苦悶の表情を浮かべている。

「少々やり過ぎましたか」

カリカリと岩のようにゴツゴツとした頭を撫でて、薄暗い笑みを浮かべる。

ベッドから出て、椅子にかけられたガウンを纏い、机の上に残っていた水に、白い粉を混ぜて飲んだ。

次に何事もなかったかのように爪の手入れを始める。死体が横に転がったままだと言うのに、ダレマイルからは鼻唄が漏れていた。

すると、慌ただしい靴音が部屋の外から聞こえる。

バンと扉を開けると、ライトメイルを装備した騎士が現れた。

「ダレマイル様、報告します!!」

大声が響き渡ると、ダレマイルは思わず爪研ぎを落としてしまった。

「チェッカー……。そんな大きな声でなくとも聞こえます。ここは宮廷の私室ではないのですよ」

「し、失礼しまし———うっ！」

チェッカーという騎士は、思わず鼻と口を腕で覆い隠す。

薄く漂ってきた香の煙を見て、反射的に目を細めた。

次に首を伸ばして後ろのベッドを見つめる。その視線にダレマイルが気付いた。

「失礼……。あなたはこの匂いが嫌いでしたね」

ダレマイルは手を伸ばし、魔法によって香の周りの空気を操作する。

香は消えたが、異様な匂いは壁や天井、あるいは家具に染み付き、チェッカーの鼻を刺激し続けた。

「お心遣いありがとうございます」

「それよりも何か火急の知らせがあったのではないですか？」

ダレマイルはチリンと鈴を鳴らすと、メイド服を着た御側付きの女が二名入ってくる。

失礼します、とテキパキとダレマイルの顔剃りの準備を始めた。一人が石鹸水の張った器を持ち、もう一人がダレマイルの髭を剃り始める。その動きに淀みはなく、そして女の目には生気らしいものはない。撥条仕掛けの人形のように、淡々とダレマイルの髭を剃った。

「ボッタッキオ将軍の部隊が消えました。早朝に兵を率いて、進発したのを他の兵が———」

「どこにですか？」

「…………おそらくメッツァーかと」

チェッカーは神妙な顔で答えた。

顔剃りを終えたダレマイルは、剃り残しがないか確認する。

ツルツルの肌の感触に満足した様子で微笑んだ。

「それは……。困りましたね。大要塞同盟への進軍は、本国の了解があってからだと言うのに……」

「ですが、気持ちはわかります」

「ほう……」

「あ。いえ……。軍規に違反しているのは咎められる行為です。ですが、今メッツァーの主力軍は、パルマ高原にて魔族軍と戦っています。メッツァーを占拠するなら、今をおいて他にないでしょう」

「確かにそうですね」

「本国の判断を仰いでいては出遅れてしまいます。本国軍の総司令官はダレマイル様です。それを――あっ。失礼しました。一番忸怩たる思いでいるのは、ダレマイル様なのに……」

「くくく……。いいですよ。私はお飾りの司令官ですから」

「そんなことはありません！」

チェッカーは思わず声を荒らげてしまうと、その大きさに自身が一番驚いていた。自戒するように咳払いをし、「失礼しました」と頬を染める。まるで新兵のようだ。

「チェッカーの気持ちはわかりました。ですが、今メッツァーを攻めてはいけません」

「それは――――」

「直にわかりますよ。全軍に徹底してください。何があろうと動くなと。いいですね」

「かしこまりました」

チェッカーは敬礼すると、家の外がにわかに騒がしくなってきた。

まるでカラス、猫、犬が同時に餌を取り合っているような声が聞こえる。

「そろそろ時間のようですね」

ダレマイルは立ち上がる。側付きのものに手伝ってもらいながら、真っ黒なローブに着替えた。大きな頭に載せたつば広の帽子もまた黒である。まるで葬儀屋のようであった。

「さて、今日も行きましょう。迷える子羊を救わねば……」

「よろしくお願いします」

チェッカーを先頭にして、家の玄関を開けた。途端、声が爆弾のように弾ける。

「ダレマイル様だ！」

「おお！　ダレマイル様!!」

「ダレマイル様、お慈悲を！」

「どうか！　我らに導きの言葉を……」

人間たちが玄関に殺到していた。

全員村の人間である。まるで獣のように声を上げ、ダレマイルを賛美し、あるいは慈悲を請う。

カッと見開かれた瞳には、黒装束と言っても差し支えない大男が映っていた。

丸く赤黒い瞳。四角い輪郭。蛇のような大きな口。胸板は厚く、肩幅も広い。

まるでゴーレムのような男であった。

そんなダレマイルに、村人は手を伸ばし、恵みを望んだ。

猛獣の魂でも取り憑いたような村人を見て、ダレマイルは満足そうに微笑む。その背中にまるで後光が差したかのように雰囲気が一変した。

村人たちのボルテージは最高潮に達し、慈悲を！　慈悲を！　と連呼する。

「仕方ないですね。ちゃんと私の話を聞くことができますか？」

「はい！」

「もちろんです！」

「どうか！」

「福音を！」

さらに声が大きくなる。興奮しすぎて、倒れ、そのまま息を引き取る者すら現れた。

周りで見ていた兵士が、倒れた人間を回収していく一方、仲間が倒れても、興奮した村人たちは目もくれない。むしろ足蹴にして、さらにダレマイルに向かって手を伸ばした。

「あなたたちも好きですね。わかりました。では、ご褒美を上げましょう」

ダレマイルは手を掲げる。その瞬間、村人たちは手で器を作った。あるいは桶や笊を掲げ、前の人間を押し倒すようにダレマイルに殺到する。

突然、ダレマイルが掲げた手から白い粉が落ちる。サラサラと音を立てて、村人に降りかかった。

「「「ぎゃあああああああ!!」」」

悲鳴が上がった。村人たちが必死にその白い粉を掴み取ろうとする。その粉が人の髪にかかればむしり取り、服にかかれば着物ごと剥いだ。地面に落ちている白い石を、粉だと思って必死に舐めている者もいる。

チェッカーはただじっと無感情な瞳で見つめていた。

周りで見ていた兵士たちですら、醜態（しゅうたい）をさらす村人を見て、笑うことを忘れる。

もはや人ではなく、ただのケダモノだった。地獄の餓鬼（がき）ですら、もっと上品であろう。

その中でダレマイルは分厚い本を開く。何か聖典めいたものなのかといえば、違う。

それは自伝である。ダレマイルが如何（いか）にして生まれ、育ち、今の地位にいるか。そして自分が如何に素晴らしい存在であるか。正気であれば、聞く者が恥ずかしく思うぐらい誇張された内容を、ダレマイルは静かに読み上げ始めた。

「『六章　我が母』……」

するとダレマイルが被っていたつば広の帽子が、周りではしゃぎ回る村人の手に当たり、空へと飛んでいく。しかしダレマイルは自分の禿頭（とくとう）が露（あら）わになっても叱責（しっせき）することはなく、静かに朗々（ろうろう）と自伝を読み上げ続けた。それでも騒ぎは収まらない。誰一人聞いてすらいなかった。

皆がその白い粉に夢中になっている。運良く口にできたものは、強い多幸感を感じ、表情を歪ませた。だが、それは刹那の快楽だ。狂人と化した村人たちは、さらに白い粉を求め、地べたを這（は）いずり回る。

ただ自分の自慢話を語り続ける男。

それを聞くわけでもなく、刹那の快楽を貪る村人。

妖異で凄惨であった。

理性を失った獣の狂宴。その中心にダレマイルはいる。

ダレマイル・ゼノ・チューザー。

これがリントリッドに巣くう上級貴族の一人である。

✠

有り体に言うなら、ルビガン・ゼイ・ボッタッキオはダレマイルが嫌いだった。

目立った戦功もない本国の文官で、何かしらの偉業を成し遂げたわけでもない。

ただ王族から寵愛を受け、成り上がった豚である。

何よりボッタッキオは上級貴族が気にくわなかった。

大公に続いて公候伯子男と続く貴族階級。

そこにいつの間にやら、上級貴族という階級が生まれ、自分たち貴族を顎で使い始めた。

その能力は非凡であり、王族や民も認める殿上人と言うが、ボッタッキオからすれば、金持ちのボンボンとそう変わらない。

ダレマイルにしてもそうだ。

今も地方の村を占拠し、どんちゃん騒ぎを繰り返している。

所詮はお飾りの司令官なのだ。戦局というのを何もわかっていない。

メッツァーを占拠するのは今において他ない。本国の指示を仰いでいては、好機を逸すだろう。

ボッタッキオはそう戦局を読み、自軍だけを率いて、メッツァーへと向かった。

メッツァーの城門前へ来ると、兵を見せつけるように横陣陣形を取る。

先頭に立ち、ボッタッキオは声を張り上げた。

「我らは本国軍第一師団。我は第一師団師団長ルビガン・ゼイ・ボッタッキオである。メッツァー軍に助太刀に来た。城門を開けられよ」

突然の大軍に、数少ないメッツァーの衛兵たちは慌てふためく。

だが、援軍だと知ると、ホッとした様子で、門の上から声を掛けた。

「助太刀感謝いたします。ですが、本隊はすでにシュインツに向けて進発いたしました」

「なるほど……。そうか。すまぬが、こちらは遠方より参った故、人も馬も疲れている。一時、城塞内で休息を取りたい。門を開けてくれぬか」

「申し訳ありません。何人であっても門を開けるなと、領主閣下から厳命されております」

返答を聞いて、ボッタッキオは軽く舌打ちした。

だが、バルケーノが魔族だけではなく、本国軍も警戒していることは、予想の範囲内である。

「我らは本国から来たのだぞ。その同胞に対して、門を開けぬとはどういうことだ。これならば、同盟は本国に含むところがあると言っているようなものではないか！」

「そ、そんなことは……」

「ここで一戦を交えると言うなら良かろう。お主らの数は精々五〇〇。我らは一〇〇〇〇。籠城戦になろうとも、どちらが有利か賢明なメッツァーの兵士であれば、わかるであろう！」

「うっ……」

ここまで一万の兵を見ても動揺しなかった衛兵が、初めてたじろぐ。

「案ずるな。大人しく門を開けてくれれば、何もせぬ」

肩をいからせ凄んだかと思えば、次にボッタッキオは柔和な笑みを見せる。

その顔はまるで猿のようだ。それ故、兵の間では密かに『大猿』と呼ばれる将軍であった。

しばらく時間を置くと、ようやくメッツァー城塞都市の門が開く。

ボッタッキオは「ありがとう」と感謝を述べ、兵を率いて悠々と城門をくぐった。

全軍が入城したのを確認した後、ボッタッキオは持っていた長柄(ながえ)の青竜刀をかざす。

「蹂躙(じゅうりん)せよ！」

その一言で戦い――いや、虐殺が始まった。

猿の顔をした司令官は途端に牙を剥き、獰猛(どうもう)な大猿へと変貌する。

「話がちが――」

あっという間に城壁にいた衛兵たちを平らげる。

血を浴びながら、ボッタッキオは大笑し、声を張った。

「殺せ！　こいつらは逆賊だ。略奪も許す。ただし女も子どもも各人一人ずつまでだ。いいな!!」

将軍の許しを得ると、大猿に率いられた兵たちは領民に襲いかかった。

次々と街の人間を斬りつけ、家の中に押し入っては、壁に血の跡を作る。

およそ人の所行とは思えない酷たらしい光景に、ショック死する者すら現れた。

一方ボッタッキオは街の中心へと馬を走らせる。

メッツァーには他に二つの壁がある。むろん、そこにも衛兵が待ち構えていた。

衛兵は弓を構え、先頭のボッタッキオを狙う。

「放て!!」

号令が聞こえた直後、矢の雨がボッタッキオに降り注いだ。

だが、ボッタッキオはそのすべてを打ち払うと、速度を落とさず、第二の城壁に突撃する。

すると、サッと手を上げた。

「魔法騎兵!!　呪唱準備!」

ボッタッキオの背後にいた魔法騎兵が、馬上で槍のようなものを掲げる。

先端の魔石に魔力を込めると、赤く光り始めた。

「放て!!」

ボッタッキオの号令とともに、魔石の付いた魔槍が放たれる。

ドンッッッッッッ!!

腹の底まで揺るがすような音が、メッツァー中に轟いた。

分厚い第二の城門が、あっさりと吹き飛ぶ。

使用したのは炸裂系の貫通魔法だ。それを魔石とともに撃ち出すことによって、より魔力を増幅させ、城門を吹き飛ばすことに成功したのである。さらに言えば、第二の城門は他の都市と比べても、比較的古い時代に作られた。今の魔法戦とその技術に、城門が対応できていなかったのだ。

ボッタッキオはその脆さに気付いていた。ボッタッキオの役目は古い体制を敷く大要塞同盟を粛正することである。いずれ攻略しなければならない城塞都市の特徴はすべて頭に入っていた。その知識を兵に落とし込み、この数ヶ月訓練に明け暮れていたのだ。

第二の城門を悠然とくぐり抜けると、街並みが変わる。中産階級の人間が住む区画に入った。

貧困街が並ぶ一番外側の区画とは、着ているものから建物まで何もかもが違う。

だが、ボッタッキオはそれらに全く目もくれず、次の門へと馬を走らせた。

第二の城門を守っていたメッツァーの衛兵を置き去りにして、第三の城門へと襲いかかる。

もう先ほどの魔法による突破はできない。用意していた魔槍は一本だけである。

魔力を増幅させる時間もかかるため、同じ戦術はもう使えない。

「来たぞ！　死守だ、死守‼」

第三の城門の衛兵たちの悲鳴じみた叫びが聞こえる。

第二と同じく矢を射かけたが、ボッタッキオには通じない。

「ぶつかるぞ！」

「何をするつもりだ、あいつ！」

スピードを緩めようとしないボッタッキオを見て、衛兵たちは戦慄した。

ボッタッキオは青竜刀を大上段にかかげると、さらに馬の腹を蹴(け)って、速度を要求する。

口を開け、『大猿』の将軍は裂帛(れっぱく)の気合いを吐き出した。

「キェェェェエエエエエエエエ!!」

青竜刀が閃く。

その速さは落雷——聞こえてきたのは雷鳴であった。

甲高い金属音が響き、真っ二つに斬られた城門は、剣圧を浴びて吹っ飛ぶ。

メッツァー最後の門——第三の城門は第二の城門よりもさらに古い。まだ資源が安定しない状況下の中で造られたため、門の厚さが他の門よりも薄くできていた。

だからボッタッキオは、自分の膂力(りょりょく)ならば斬れると確信していた。

かつて彼はその青竜刀で硬い巨人族(ギガント)をも一刀両断したことがある。

古びた門を斬るなど、造作もないことだった。

「きゃああああああああああ!!」

上質な絹を纏(まと)った女が、道ばたで固まっていた。

ここは上流階級が住む区画。そして目の前には、宮殿ブロワードがそびえていた。

広いメッツァーを走りきったボッタッキオは、己を称賛するように手を広げる。

猿のように歯をむき出し、笑った。

「ものども！　よりどりみどりだ！　殺せ！　そして奪え！　二度と我ら本国に逆らえないように見せしめにせよ！　蹂躙だ!!　蹂躙せよ!!」

ボッタッキオが号令をかけると、血に飢えた兵士たちは歓喜に色めき立つ。

兵士たちは、のうのうと暮らしていた商人や貴族に襲いかかった。

様々なところで悲鳴が上がり、血の雨がメッツァー城塞都市に降り注ぐ。

だが凶行はいつまでも続かなかった。

ボッタッキオはふと足を止める。青竜刀を降ろし、嬲っていた貴族を塵のように捨てた。

振り返るが、白煙と悲鳴が広がるメッツァーの姿しかない。

「気のせいか……」

いや、確かに感じた。

誰かに見られているような感覚が……。

そのボッタッキオの勘は的中する。

突然、メッツァーに地鳴りが響いたのである。

✣

それが目を覚ましたのは、バルケーノがヴァロウによって処刑された直後であった。

闇の中で覚醒したそれは何かに気付き、重い瞼を開く。

大きな瞳が樽に入った葡萄酒のように閃いた。

広い空間の中で、それは一匹である。一部の隙間もない魔法鉱石製の壁に覆われ、遮音性を高める素材とさらに分厚い鉄板が貼られていた。

まるで檻——いや、それはまさしくそれを閉じこめるための牢獄であった。

それはずっと暗闇の中で眠っていた。まるで睡眠がそれに課せられた唯一の仕事だったかのようにずっとだ。

だが、ある瞬間それはそのくびきから放たれたことを直感的に悟る。

長い首をもたげ、前肢を前に出すと、それだけで檻が震えた。

ザッと滝のように埃が舞い落ちる中、それは前肢に力を入れて、立ち上がる。

次に開かれたのは、大きな翼だ。固まった筋肉をほぐすように一つ、二つと羽ばたかせると、砂塵が舞い上がる。やがてそれは口を開けた。

『ぎるるるるるっっっっっ!!』

広い空間内で吹声が暴れ回る。

たったそれだけで、空間全体が吹き飛んでいくような勢いがあった。

やがてそれは強く羽ばたき始めると、巨体が浮き上がる。

魔法鉱石と鋼板の檻をあっさりと突き破り、それは瓦礫を浴びながら昇っていく。やがて檻を破り、
そして光が見えた。

生まれたばかりの子供のように、それは雄叫びを上げる。

『ぎゃあああああああああああああ!!』

✠

瞬間、メッツァー城塞都市の宮殿ブロワードが吹き飛んだ。

あそこにはまだ領主の家臣や親族たちが住んでいるはずである。警備のための衛士もいただろうが、その守備力など問題にならないぐらい、文字通りすべてが吹き飛んだ。

白亜の宮殿は木っ端微塵となる。人の腕が空を飛び、血に染まったドレスが舞い上がった。

だが、ボッタッキオが見ていたのは、死体でも遺品でもない。

宮殿の下から現れた長い首、天を覆うような大翼、そして赤黒い双眸。

ボッタッキオは口を開いたまま、恐る恐る呟いた。

「竜だ……」

人間の支配圏にいるのは、そのほとんどが飛竜である。

その体躯は精々熊よりも一回りぐらい大きい程度だ。

だが、これは飛竜などと呼ばれるサイズに、まるで収まっていなかった。

竜——古より伝わる空の王者、生物の頂点である。もはや英雄譚にしか確認できないような伝説の生物が、ボッタッキオの前に突如出現する。

「まさか！　このような大竜を見ることになるとは!!」

ボッタッキオは叫声を上げるが、それは大きな間違いである。

この時のボッタッキオが知る由もないだろうが、その竜もまた飛竜であった。

その正体は人為的に様々な魔獣と交配させ、あの『竜王』バルケーノ・アノゥ・シュットガレンが育てた異形の飛竜である。バルケーノが死んだ今となってはわからないが、『竜王』という綽名は、この竜になぞらえられたものかもしれなかった。

ボッタッキオは立ち尽くす。そうするしかなかった。

その巨躯。その迫力。漂ってくる凄味。

ボッタッキオは言葉を失いながらも、子どものように目を輝かせていた。単純に焦がれたのだ。

圧倒的とも言える巨体とプレッシャーに……。

自然と将としての血が騒ぐ。極度の興奮状態のまま、ボッタッキオは長柄の青龍刀を握った。

「閣下！　危険です!!」

部下の制止を無視し、ボッタッキオは馬の腹を蹴った。

すでに馬は魔薬漬けにしてある。興奮した馬は泡を吹きながら、走り出した。

「ぐはははは！　お前、大きいな!!　お前ほど大きいヤツを見たのは、前線で戦っていた時以来だ!!　腕が鳴る！　血が騒ぐ！　お前みたいなデカいヤツを倒したら、俺様が『竜王』だぁぁああ!!」

半狂乱になりながら、ボッタッキオは一直線に竜へと向かっていく。

上手く瓦礫に乗り、高く舞い上がった。最後には愛馬すら置き去りにし、ボッタッキオは天高く青龍刀を構えると、竜の頭に躍り出る。

「かぁああああああああああ!!」

裂帛の気合いの下、青龍刀を振り抜いた。見事竜の頭を捉える。

「おお！」

「見事!!」

「さすがはボッタッキオ様だ！」

見ていた兵士たちが称賛の言葉を叫ぶ。

確かにボッタッキオの得物は竜に届いていた。

しかし、そこまでだ。次の瞬間、硬質な音を立てて、青龍刀が弾かれる。

「でやあああああああ!!」

それでもボッタッキオは諦めない。

長い滞空時間の最中、青龍刀で何度も竜の頭を斬りつける。

だが、どの角度で打っても、得物が竜の肌に食い込むことはなかった。

一方さすがに竜も頭に来たのか、ブフッと鼻息を荒く吐き出す。

直後飛んできたのは、大樹のような太い尻尾だった。

耳をつんざくような音が鳴り響くと、ボッタッキオは蠅のように撃墜される。

たとえるまでもなく、その衝撃は凄まじく、気付いた時には第三の城門まで吹き飛ばされていた。

「ぼ、ボッタッキオ様が……」

「我らの将が……」

「たった一撃で……」

ボッタッキオの部下たちの顔が、みるみる青くなる。

一方、竜は勝ち鬨を上げるように嘶いた。周囲に轟いたその声は、人間を恐怖の虜にする。

竜はそのまま胸を開くように仰け反った。直後、開いた喉の奥が紅蓮に輝く。

「まさか……」

部下の一人が気付き、戦慄した。

一歩後ろに下がるが、その攻撃の前では明らかに不十分だ。

カッと閃いた瞬間、炎の嵐が巻き起こる。宮殿跡地はもちろん、第三の城門を貫き、第二の城門に届こうかという程の炎息が広がった。まるで火砕流のように広がった炎は、慈悲なく人や物を飲み込んでいく。

メッツァーの街を略奪する者。略奪される者。犯す者。犯される者。

人間の蛮行など卑小とばかりに、一瞬ですべてを吹き消した。

『ぎぃいぃぃいいぃいっやああああああああ!!』

残ったのは、ただ焼け焦げた跡と竜の甲高い音だけであった。


宮殿が崩れ、そこから現れた大きな影。

さらに何もかもを灰燼としてしまう恐ろしい炎息。

立て続けに起こった絶望的な事象を前に、メッツァーはパニックとなった。

街人も、兵士も、女も男も、関係ない。略奪を楽しんでいたボッタッキオ率いる第一師団ですら、すべてを投げだし、宮殿とは逆の方向へと走る。第一、第二、第三の城門を貫く大通りに人が溢れかえった。だが、狭い城門部分に行き当たり、人が詰まってしまう。

後ろから押され、人に挟まれて圧死する者が続出した。

気が触れた第一師団の兵が喚くが、剣を振り回すスペースもなく、人の波の中に飲まれていく。

なんとか前へ——。生き延びようとする人間たちの悪夢は続く。

再び竜が羽ばたき、飛翔を始めた。大きな影が広いメッツァー城塞都市を覆う。

竜からすれば蟻のように小さな人間に向かって、再び炎息を放った。

たちまち焼死体の山が出来上がると、それを誇るように竜はまた嘶く。

さらに街を蹂躙し、城塞都市のあちこちで炎と煙が上がった。

メッツァーの街はたちまち紅蓮に染まる。

運良く城門を抜けることができた貧困街の人間たちは、途方に暮れるしかない。

子どもがペタリと尻を付け、呆然と変わり行く城塞都市を見つめていた。

「この世に神様はいないのかな……」

その言葉は子どもが何度も貧困街で呟いてきた台詞だった。

いつか誰かが助けにきてくれる。いつか美味しいものを食べさせてくれる。いつか幸せになれる。

貧困街で暮らしながら、念仏のように唱え続けてきた。けれど願いは叶わず、最後に子どもの前に現れたのは、単なる地獄であった。

ぶるるる……。

ふと馬の嘶きが聞こえて、子どもは振り返る。

黒い雲が南へと流れていく中、その姿は馬上にあった。

夜の闇のような黒い髪。天使のように美しい顔立ちなのに、ひどく冷たい容貌。そして頭の上から生えた二本の角……。

その異形とも異様とも言える姿を見た時、それは決して神などではない、と子どもは悟った。

「神などいない。そして生きるのに、神は必要ない」

ヘーゼル色の瞳を湛(たた)えながら、その人物は力強く宣言する。

「この世にいるのは、悪魔だけだ……」

第六師団師団長にして、最強の軍師ヴァロウがメッツァーに到着した。

✣

突如、メッツァーに現れたのは魔族だった。

魔狼族(ワーグ)を主とし、そこにアンデッドやゴブリンなど下級の魔物たちが加わっている。

第四、第六師団連合軍――それを率いていたのは、若き人鬼族(ワーオーガ)ヴァロウであった。

戦場から休む間もなく、メッツァー城塞都市に向かったのだろう。

体躯に血の痕がべっとりと付着し、なびかせた黒い外套(がいとう)に汗が滲んでいた。

その魔族の姿を見て、メッツァーの一部の民たちはバルケーノが討たれたことを悟る。

決して良い領主ではなかった。だが、魔族から自分たちを守ってくれるという点においては、信頼を置ける領主であった。

彼の綽名は『竜王』。その勇ましい名にふさわしい戦果を上げ、悪魔を蹴散らしてくれると信じて疑わなかったが、結果は違う。命からがら逃げてきたメッツァーの民の前に現れたのは、自分たちの君主でもなければ、勇者でも、神でもない。

魔族であった。メッツァーの民たちは、絶望の重さに耐えかねて地面にへたり込む。

項垂れたのは、もはや万策が尽きたからではない。

魔族の前に、大人しく首を差し出したのである。

「殺せ……」

そんな諦観とも悔恨とも取れる声が聞こえてきそうだった。

だが、ヴァロウは民に目もくれず、まして手を上げることも、差し出すこともない。ただ民たちの目の前を通り過ぎていく。軍師にとって、彼らは路傍の石でしかなかった。

メッツァー城塞都市を覆う黒い影に気付き、魔族の軍勢は一斉に空を見上げる。

竜は時に炎を吐き、時に鋭い爪で地面を抉り、人間を建物ごと貪り食った。

まさに蹂躙である。

「かぁぁあぁぁああ!!　でっけぇなあ!!」

手でひさしを作り、「絶景かな。絶景かな」とばかりに眺めていたのは、ザガスだ。

人鬼族の中でも一際大きな身体を持つ彼でも、竜の大きさに驚かずにはいられない。

その目は何か大きな玩具を見つけたとばかりに、光り輝いていた。

ザガスが面白がる一方で、他の魔族たちの空気は重い。メトラは元が飛竜とは思えない異形の竜を見て、顎に滴った汗を拭い、横のベガラスクや、魔狼族たちも口を噤み、「むぅ」と唸っていた。

その中でもヴァロウだけが動じず、メッツァーを蹂躙する竜を睨んでいる。

「バルケーノが亡くなったことを知り、互いの関係を繫ぐ糸が切れたのだろう」

竜士とその竜の関係は特殊だ。

魔法的な繫がりがなくとも、主が死んだと知ると、すべての人間との関わりを断つ。

つまりは魔獣となるのだ。魔獣となった飛竜の末路が、今のメッツァーの現状だった。

魔族しか襲わないはずの飛竜が、人間、魔族関係なく襲いかかる魔物に変貌したのである。

「バルケーノがいなくなったから、あの竜は解き放たれたのですね。それが、ルミルラが頑なに自分の父を討つことを止めようとした理由なのでしょうか、ヴァロウ様」

「さあな。だが、その推察は本人の生死が不明である以上、無意味だ」

「しかし、ヴァロウよ。こんなことになるなら、いっそあの総大将を生かしておいた方が良かったのではないか？」

ベガラスクは、ヴァロウの責任を問うように鋭い視線を送る。

「バルケーノは処断されて当たり前の人間だった。ヤツは大将であり、魔族の敵だ。殺さない方がおかしい。それにいずれにしろメッツァーは我ら魔族によって滅び行く運命だった。それがあの竜が肩代わりしているだけだ。俺は何か間違ったことを言っているか、ベガラスク……」

「ふん。確かにな……。だが、あの竜は厄介だぞ」

「ああ……。任せる」

「な！　お前、あれを魔狼族に狩れと言うのか？」

「なんだよ、ベガラスクの旦那。びびってんのか？」

にしししし、と歯をむき出し、ザガスは笑った。

「誰が恐れていると？」

ベガラスクは尻尾を鞭のように振るう。すると、地面に斧を振り下ろしたような跡ができあがった。

「ザガス！　ベガラスク様は魔王様の副官なのよ。不敬です」

「へぇへぇ……。だが、旦那がビビるのもわかる。ありゃ化け物だ。今の魔族軍の戦力であれを倒せるのは、第一師団のドラゴランの旦那か、第二師団のアッガムのおっさんぐらいじゃないのか？」

敬称も付けずに、二人の師団長を名指しする。確かに例に挙げた二人なら眼前にいる竜を討伐できるかもしれない。だが、援軍を呼ぶにしても遅すぎる。その頃には、メッツァー城塞都市どころか、大要塞同盟全体が滅亡の危機に瀕しているだろう。

皆が首を捻る中、一人ヴァロウだけが前に出た。

「第四師団に任せたいのは、あの竜ではない」

「ん？　どういうことだ？」

「先に入城した本国軍を第四師団に任せるということでしょうか？」

ベガラスクは眉間に皺を寄せ、メトラもまた質問するが、ヴァロウは首を振るだけだった。

「本国軍は壊滅寸前だ。今は無視していい。俺たちの相手は、あの竜だけではないということだ」

その時、地上を複数の影が走って行った。魔族軍の顔が再び空へと向けられる。

ベガラスクが珍しく声を張った。

「なにぃ!!」

空にいたのは飛竜だ。それも一匹、二匹というレベルを超えている。

二〇、三〇……まだ増えていた。メッツァー城壁外に現れ、魔族軍を包囲しようとしている。

「なんだ、こりゃ?」

「おそらくバルケーノが飼っていた飛竜たちだろ」

「これ……。全部ですか!?」

メトラは素っ頓狂な声を上げたが、無理もないだろう。

竜はざっと数えて、二百匹以上——魔族軍を嘲笑うかのように上空を飛翔している。

バルケーノは『竜王』と呼ばれるだけあって、竜士としても優秀だった。

そのため常識外の竜を多数抱えていたのである。

振り返ってみれば、竜の育成こそ孤独な猛将の唯一の慰みだったのかもしれない。

「アルパヤ、まだ花火は残っているな」

「う、うん。残り少ないから、全部の飛竜に効くかはわからないけど」

後方に控えていたアルパヤは、息を切らしたまま答えた。

「よし！　メトラ、指揮を任せる。アルパヤの工兵部隊と第四師団を連携させて、小さい飛竜を倒せ」

「し、しかしヴァロウ様は――」

「できるな？」

ヴァロウはヘーゼル色の瞳を鋭く光らせる。

否定的な発言をしそうになったメトラは唇を噛み、祈るように胸に手を置いた。

指揮することが怖いわけではない。ヴァロウの命令なのだから、当然言われたことは実行する。メトラの中でヴァロウは絶対的な存在だからだ。それ故にヴァロウが自分に指揮を任せ、何をしようとしているかを心配していた。

しかし、この時すでにメトラにはわかっていたのだ。だからやめさせようとした。

ヴァロウもまたメトラが感づいていることに、気付いていた。

それでも決意は揺るがない。一体ヴァロウの何がそうさせるのか。

もしかして、死ぬとわかっていて、ルミルラを送り出したことを悔いているのか。

そんな余計なことを考えてしまって、メトラは苦悩する。

いや、そんなことはない。断じてない。

きっと、これもまたヴァロウの手の平の上なのだから。

「ヴァロウ様……」

「なんだ？」

「ご武運を」

「…………………ああ」

ヴァロウを一人戦地へと送り出す。

引き留めたい……！　そう強く思ったが、きっと拒まれるだろう。

すでに、ヴァロウは覚悟を決めている。もしかしてルミルラを見送った時のヴァロウもこんな気持ちだったのだろうか。そんな余計な感情が浮かぶが、ヴァロウと気持ちを一つにできたような気がして、少しだけ楽になれた。

メトラは銀髪を翻し、見送るヴァロウに背を向ける。己のことに集中した。

「指揮を引き継ぎます。よろしいですね、ベガラスク様」

「ああ……。構わぬ。お前が指揮官だ、メトラ」

「では、これより周囲の飛竜の殲滅――――いえ。ヴァロウ様を援護します。全力を以て、ヴァロウ様に近づく飛竜を撃退するのです。各々方、よろしいか!!」

「「「「おお!!」」」」

魔狼族、そして魔物やドワーフが力の限り声を張り上げた。

そしてまたメトラの銀髪は翻る。赤い瞳はもう一度、戦場を見つめた。

その時、かつて王女だった者の顔は、戦士のものへと変貌していた。

ヴァロウは師団を離れ、一人進んでいく。

避難する人間を横目に見ながら、メッツァーの第一の城門を通過した。

街の中に入ると、死臭が鼻を衝(つ)く。人間が焼け焦げる匂いだ。

眉を顰(ひそ)めたくなるような匂いを嗅(か)いでも、ヴァロウの表情は変わらない。

黙々と歩き、避難する人間の横を通り過ぎていった。

人鬼族(ワーオーガ)の姿を認め、皆が黙り込んだ。その身体から発せられる殺気に息を呑み、避けて通る。ヴァロウの周りに見えない壁があるようだった。

『があああああああああああああああ!!』

一際大きな吠声がメッツァー城塞都市を襲うと、避難民たちはたちまち腰砕けになる。より一層の悲鳴を上げて、前へ進めと声を荒らげた。

吠声の主はちょうど第二の城門を跨(また)ぐように身体を休める。暴れ疲れたのだろう。いや、むしろもう壊す物がないと思ったのかもしれない。

その証拠に、竜の周囲はすべて瓦礫に変わっていた。まともに残っているのは城壁くらいだ。

死体があっても、生者の足音は聞こえず、一面焼け野原が広がっているだけである。

そこにヴァロウが踏み込む。魔族の匂いに気付いた巨竜は懐かしそうに目を細め、威嚇(いかく)してきた。

ヴァロウの足が止まる。竜の声におののいた訳ではない。

鞘からスラリと得物を抜く。剣ではない。まだ真新しい刀であった。それも魔法鉱石を丹念に織り込んだ業物である。その優美な刀身は、黒煙が充満しまるで巨大な洞窟のように薄暗くなったメッツァーの中で、一際強く輝いた。

その強い叛逆の意志に、巨竜も反応する。

また大きく声を響かせると、その口内が光り始めた。

炎による攻撃を予感させるも、ヴァロウは動じない。

「工兵、撃て!!」

後方でメトラの声が聞こえた。

刹那、パルマ高原の戦いで猛威を振るった花火が放たれる。巨竜の鼻先をかすめると、その側で火花が炸裂した。聞いたことのない大音に、さしもの巨竜も体を揺るがせる。

おかげで解放された炎は、ヴァロウの脇に逸れた。

ヴァロウは刀を掲げると、言葉を放つ。

「来い、アイギス……」

緑色の光と共に、風の精霊が現れた。

間髪入れず、ヴァロウが掲げた刀に吸い込まれる。

瞬間、刀を中心に風が荒れ狂い、空を覆う黒煙を払った。

周囲で燃えさかる炎すら消し飛ばし、暴風を纏った刀がメッツァー城塞都市に降臨する。

突然立ち上った青白い光に、避難民たちも足を止め、焼け野原となった故郷を振り返った。

煙が払われ、そこだけぽっかりと日光がそそぐ。

突然差し込んだ温かな光の真下、一人の小柄な人鬼族(ワーオーガ)が青白い刀を掲げて巨竜と対峙していた。

絵画を思わせる神々しい光景に誰もが息を呑み、両親と手を繋いだ幼子が笑顔を浮かべて呟く。

「まるで天使様みたいだ……」

ヴァロウはただ目の前の巨竜に集中していた。

その竜の口内が再び閃く。直後、炎が吐き出された。

だが、その前にヴァロウの力強い言葉が天地を裂く。


ストームブリンガー！！！！！


『うぉぉおぉおおおぉぉぉおおぉぉぉおんん!!』

巨竜の咆吼(ほうこう)がメッツァー城塞都市に雷鳴のように轟く。

ヴァロウが放ったのは、『風の勇者』ステバノス・マシュ・エフゲスキの技である。

風の精霊アイギスを武器に纏わせ、極限にまで圧縮された風と魔力を撃ち放つ剣技だ。

その威力は千の魔族を討ち払ったと言う。ストームブリンガーと、交信するアイギスを駆使し、ステバノスは勇者というスターダムに駆け上がったのだ。

だが、ヴァロウが放ったストームブリンガーは、ステバノスの比ではない。

ステバノスが緑に輝いていた一方で、ヴァロウが放つ光は青白く、より力強く輝き、その制御から漏れた魔力は炎のように揺らめいていた。ステバノスのストームブリンガーが、千の魔族を引き裂くなら、ヴァロウのは一万、いや十万の軍勢すら消滅させることができるかもしれない。

それほど、ヴァロウとステバノスの間には、地力の差があった。持ってる潜在能力が違うのだ。

そもそも人類の軍師であった頃から、ヴァロウの魔力は勇者と比べても遜色がなかった。その魔力が魔族になったことによって増幅され、魔王から〝角〟の力を借り受けたことにより、さらに底上げされたのである。すでにこの時、ヴァロウの魔力はかつて最強と言われた『毒の勇者』の魔力を抜き去っていた。

そのヴァロウのストームブリンガーが炸裂する。

巨竜も最大火力を持って対応した。

それがヤバい代物であることを、本能的に察したのだろう。

全力を以て、青白い嵐を消しにかかると、炎と嵐がぶつかり合った。

竜と竜が組み合う――そんな拮抗状態を予想したが違う。

あっさりと嵐が炎を食い破り、巨竜の鼻先に青白い刃が落とされた。

竜の硬い鱗をものともせず、肉に食い込む。

ズザァァァアアァアァアァアァアァアァアアアンンンン!!

ついに巨竜を真っ二つに切り裂いた。

『ぎゃあああああああああ!!』

断末魔の悲鳴が上がった瞬間、開けた顎がズレた。

ずるりと巨躯が歪み、二つに割れる。胴は安定を失い、両端に向かって倒れた。

轟音が鳴り響き、黒い煤が舞い上がると、嵐の中に吸い込まれていく。

ストーブリンガーの嵐に小型の飛竜も巻き込まれたらしい。

焼け野原の街に、地面に叩きつけられた飛竜の死体が累々と転がっていた。

「やった……」

メトラは思わず口元を手で覆い、赤い瞳に涙を浮かべた。

「あの野郎……。やりやがった」

飛竜の頭を棍棒で叩きつぶしたザガスはニヤリと笑う。

「ヴァロウめ。まだあんな技を隠していたのか」

ベガラスクは飛竜の喉元から爪を抜くと、ぐっと目に力を入れてヴァロウの背中を睨む。

アルパヤは手を叩き、ゴブリンたち魔物も地面を踏み鳴らした。

魔狼族たちも遠吠えを上げ、よその師団長を称賛する。

魔族軍はお祭り騒ぎだが、巨竜が討たれるのを見て、喜んでいたのは魔族だけではない。

人間――メッツァーの民も一緒だった。

「「「おおおおおおおおおおおおおお!!」」」

絶叫した。魔族たちと同様に手を叩き、巨竜を討ち取った魔族を賛美する。

先ほどまで地獄を彷徨い歩いていた。死すら覚悟していた。だが、生き延びた。

生死の瀬戸際から解放された喜びに、メッツァーの民たちは踊り狂う。

そしていつの間にか、こんな声が聞こえてきた。

「英雄だ！」

「メッツァーを救った英雄だ！」

「英雄様を讃えろ！」

「英雄様、万歳!!」

英雄、そして万歳という言葉が、魔族たちを包む。

メッツァーの民はその四分の三を失っていたが、声の大きさは一万人分を遥かに超えていた。

すべての力を振り絞り、メッツァーの民たちはヴァロウを讃えたのである。


『英雄』と……。

Vallow of Rebellion

Jyokyukizoku ni Bousatsu Sareta Gunshi ha Maou no Fukukan ni Tensei shi, Fukushu wo Chikau

「笑止!!」

その言葉は英雄誕生に湧くメッツァーの街に轟いた。

黒煙の中から蹄(ひづめ)の音が聞こえる。

一つだけではない。一〇〇、いや一〇〇〇以上はいるだろう。

地面の灰や煤(すす)を巻き上げながらやってきたのは、本国軍だった。

およそ二〇〇〇はいるだろう。一〇〇〇〇の兵が、五分の一にまで減ったのである。だが、あの混乱の中で二〇〇〇も残ったのであれば、よく生き残ったと言うべきだった。

「帝国軍第一師団師団長ルビガン・ゼイ・ボッタッキオ、推参!!」

ボッタッキオという将軍は名乗りを上げる。どうやらあの混乱の中で無事だったらしく、傷口はふさがり、口元には笑みを浮かべていた。

「本国軍め……。生きていたのか」

ベガラスクは爪を構える。

第四師団師団長の動きを見て、魔狼族(ワーグ)たちもまた一度収めた爪を伸ばし、牙を見せて唸った。だが、疲労の色は明らかだ。パルマ高原での激戦に加え、休む間もなくメッツァーの攻略にかかったのである。さしもの魔狼族(ワーグ)も、疲れが見え始めていた。

相手とはほぼ同数とはいえ、向こうは回復を終え、満を持しての登場である。

少々分が悪いように見えた。

「ヴァロウ様」

「意外としぶといな。……残った魔法兵を集め、防御結界で堪え忍んでいた、といったところか」

本国軍を目にして、メトラは息を呑む。だが、ヴァロウの表情は変わらない。

するとボッタッキオは声を張り上げた。

「メッツァーの民たちよ。悪魔共の甘言に騙されるな。人類軍こそ正義！　こやつらの言うことは、すべてまやかしだ!!」

民を諭す。だがその民から返ってきたのは、反発であった。

「ふざけるな!!」

「お前たちが、ここに来て何をした！」

「オレらから、財を奪い！　女を犯し！」

「わしらの孫を殺した！」

「そんなヤツらの言うことを聞くヤツが、どこにいる!!」

悪魔に感化されたかのように、民衆たちは喚き散らした。

それを聞いたボッタッキオの顔は真っ赤になっていく。頭の上から蒸気を噴かんばかりだ。

将軍である自分の言葉を全否定されたのである。気位の高いボッタッキオにとって、聞き逃せない言葉だった。

「諸君らの言うことはよくわかった。ならば、諸君らはもう人間ではない。そこの悪魔と同じ、いやそれ以下の下郎よ!!」

構え、とボッタッキオは兵に合図を送る。騎兵は槍、弓、剣を構え、魔法兵は杖を掲げた。

ヴァロウの側にいたベガラスクは尋ねる。

「一つ確認するぞ、ヴァロウ。何か策はあるのか？」

「ふん。必要あるのか、そんなもの……」

ヴァロウは一度収めた魔法鉱石（ミスリル）製の刀を抜いた。

ベガラスクは大きく口を開けて、大笑する。

「くわはははははははは！　いいぞ！　そうだ！　これこそが戦さというものだ!!」

「ちげぇねぇ！　これが戦さの醍醐味（だいごみ）よ!!」

ザガスもくるりと重たそうなこん棒を振り回し、肩で担いだ。

そう。ここからは総力戦。だが、ヴァロウは確信していた。

ほぼ同数の対決ならば、勝敗は兵の質、そして練度が物を言う。

こちらが連戦で疲弊しているとは言え、本国軍も回復こそしているが、似たような状況だった。

「――であれば、俺たちに負けはない！」

ヴァロウは刀を前に掲げる。

同時に、ボッタッキオもまた青龍刀を構えた。

「「かかれ!!」」

両軍の大将の声が響き渡る。

鬨（とき）の声が焼け野原となったメッツァー城塞都市に鳴り響いた。

その戦さをメッツァーの民たちは固唾（かたず）を呑（の）んで見守る。おそらく住人を前にして、魔族と人類がぶつかり合うのは、希有なことであろう。目の前で始まった殺し合いを、領民たちはただ見つめるしかなかった。

ほぼ同数の兵が激突する。剣戟の音が雷鳴の如く轟く。

だが、非情にも勝敗を分ける鍵は兵の質にあった。

「ぎゃあああああああああああ!!」

悲鳴が鳴り響く。吹き飛ばされたのは、人間、そしてその身体の一部だった。

鮮血が飛び散り、その中をかいくぐったのは魔狼族たちである。

「馬鹿な!!」

ボッタッキオはおののき、思わず馬を止めて見入った。

一合目から勝敗は決まる。正面衝突した本国軍第一部隊と第四、第六師団連合軍の戦いは、後者優勢で始まった。それも圧倒的と言っていい。やはり兵の質が勝敗を分けようとしていた。

本国軍のほとんどが、本国周辺から集められた駐屯兵の寄せ集めで、しかも前線からほど遠く、ぬるま湯に浸かっていた兵士たちばかりである。今回初陣という者も少なくない。厳しい訓練を耐え抜いてはきたが、訓練は所詮訓練だ。勝負どころで、あと一つ踏ん張ることができる精神力は、そう易々と鍛えられるものではない。

死線を幾つも越えてきた魔族軍と比べれば、実戦経験があまりにも乏しかったのだ。

たちまち人類軍の陣形が乱れ、背を向けて逃走を始める者もいる。

「ええい！　逃げるな！　戦え!!」

ボッタッキオの叱咤が虚しく響く。だが。ボッタッキオとて安全ではない。

その時、二つの影がボッタッキオに重なった。魔狼族と人鬼族だ。

銀色の魔狼族は爪を、赤髪の人鬼族はこん棒を振り下ろしている。

「それで不意打ちのつもりかぁぁぁぁああああ!!」

ボッタッキオはすぐさま長柄の青龍刀を掲げ、構えを取る。

二つの硬質な音が戦場を四方に駆け抜けた。

ボッタッキオの青龍刀が、ベガラスクとザガスの同時攻撃を受け止める。そのボッタッキオの顔に血管が浮き上がると、身体が一回り膨張した。そのまま二人の魔族の攻撃を弾く。さらに体勢が崩れた魔族に向かって踏み込むと、青龍刀を振り下ろした。

たまらずベガラスクとザガスは後退する。

「どうした、悪魔め? まだ眠っておるのか?」

「へぇ……。おかざりの大将じゃねぇみたいだな」

「ああ。だが――」

ザガス、ベガラスクの二人は、もう一度突撃しようと構える。

しかし、その前にボッタッキオの背後に再び影が現れた。それに気付き、また応戦しようとする。

上段で構えた刀に気付き、ボッタッキオは青竜刀の長柄を横に構えた。

また硬質な音が響く。目の前に現れたのは、敵から鹵獲した馬に乗ったヴァロウだった。

「貴様が大将か。小柄だな。そんな身体で俺様に――」

通じるのか？　とでも言おうと思ったのだろう。

そもそもボッタッキオには、自信があった。その膂力にである。

門の厚さが薄かったとはいえ、メッツァー城塞都市の城門を破った男だ。

魔族の力にも引けは取らないと考えていた。

そんなボッタッキオが唸りを上げる。ヴァロウの刀がボッタッキオの青龍刀を押し込みつつあった。

「ぬぐぐぐぐぐぐ！」

馬上でのけ反り、顔を赤くし踏ん張る。その力の差は明白であった。

さらにヴァロウの手の甲が光り輝き、〝角〟の力が覚醒する。

ボッタッキオに為す術はない。乗っていた馬ごと、その巨躯が沈んでいく。いよいよ刃がボッタッキオの肩口に届き、鎧を果物のように斬り裂くと、刃が肌にめり込んでいった。

血が噴き出すのを見て、ボッタッキオは悲鳴を上げる。

「血！　また血ぃ！　やめ……。やめてくれ！　し、死んじゃうぅぅぅぅう」

「ああ。そうだな」

「誰か、誰か助けてぇぇぇぇぇぇ……」

そこに将の姿はなく、ただ前線を離れ、本国のぬるま湯に浸かっていた貴族がいるだけだった。

助けを求め、ボッタッキオは周りを見渡すが、すでに剣戟の音は止んでいる。

妙な沈黙が戦場に落ちていた。ボッタッキオは目の端でその光景を確認する。視界に映っていたのは、爪についた血を舌で洗う魔狼族の姿であった。

「馬鹿な……!!」

ボッタッキオの口から絶望が漏れる。

そう――いつの間にか全滅していた。二〇〇〇もいた兵士が、一瞬でである。

「お前たちの負けだ」

ヴァロウの声が冥界から来た死神のように響く。するとボッタッキオの顔はたちまち青くなった。

「ぎゃあああああ!! ダレマイルさまぁあああああああ!!」

薄汚い悲鳴を聞いて、一瞬ヴァロウのこめかみが動く。だが、そのまま一息で斬り裂いた。

左肩から、右脇腹まで一気に刃が滑り、胴が真っ二つに割れる。がさりと思ったよりも軽い音を立て て、ボッタッキオの骸は馬上から落ちた。

馬が驚いて立ち上がり、ボッタッキオの上に着地すると、さらに血の海は広がっていった。

「チッ! いいところだけ持っていきやがって」

「ふん」

ザガスがこん棒を振り回せば、ベガラスクは鼻を鳴らし、爪をしまう。

ヴァロウは討ち取ったボッタッキオの頭を掴み、掲げた。

「討ち取ったぞ……」

メッツァーの民衆に向け、淡々と告げる。

そのテンションとは裏腹に、メッツァーの民は大騒ぎだった。

「おおおおおおおおおお!!」

「英雄様が！　英雄様が!!」

「我らの仇を！」

「オレたちの無念を晴らしてくれたぞ!!」

再び歓声と拍手が沸き上がり、メッツァーの民は喜ぶのだった。

✣

「ぎゃあ!!」

悲鳴が上がる。

ボッタッキオ軍の最後の兵士を殺したのは、ベガラスクだった。

喉元に突き刺した爪を引き抜き、勢いよく腕を振ると、付着した血を払う。

やがて、その体躯（たいく）は歓声を上げ、沸き上がるメッツァーの民へと向けられた。

その動きに気付いたのは、メトラだった。

「どこへ行かれるのですか、ベガラスク様」

「決まっているだろ。あそこにいるのは、人間だ。我ら魔族の敵だ」

ベガラスクは鋭い眼光に殺気を込め、口からしゅるりと息を吐いた。

質問したメトラはたちまち金縛りにあい、動けなくなる。

そのベガラスクの様子に、民衆も気付いた。

一触即発の状況に、皆の表情が一転し、不安げな顔を覗かせる。

「ここの民がバルケーノに虐げられたことは聞いている。そして今も、同じ人類によって略奪され、犯されたこともな。……だが、それがどうしたと言うのだ？　我らは魔族だ。同情する余地などない。人類は全員根絶やしにする」

「しかし、彼らもまたシュインツのドワーフのように、魔族の役に立つかもしれません」

「戦えぬ人間など不要……。ルロイゼンの人間共とは違い、ヤツらには覚悟が足りていない」

「道理だな」

冷たい声とともに、ヴァロウがベガラスクの方に近づいてくると、民たちの間に入る。

「確かに同情する余地はない」

「しかし、ヴァロウ様。彼らは――」

「だが、利用する価値はある」

「利用する価値だと？」

ベガラスクの言葉に、ヴァロウは「そうだ」と頷いた。

「ここにはまだ一万の民がいる。確かに武器を手に取り、戦うことは難しかろう。だが、他のことならできる。食糧の栽培、調達、このメッツァーという都市の再興、そして維持……」

「ぬぅ……」

「戦争で必要なのは、兵士だけではない。軍と都市を維持するための人員も必要だ。今、俺たちにはそれがない」

「それを人間にやらせると」

「ここは元々人間が作った都市だ。彼らに任せた方が、効率がいいと思うが……。彼らを支配するわけでも、虐げるわけでもない。ただその力を利用するのだ。それともベガラスクよ。自分で作ってみるか、お前の大好きな焼き魚を」

「なにぃ!!」

ベガラスクは思わず唾を呑んだ。

他の魔狼族も同様である。あちこちから腹の音も聞こえてきた。息を吐く暇もなく二連戦し、しかもすべてギリギリの戦いだったのだ。然もありなんといったところだろう。

「ここは魔族本国ではない。人員も限られている。使える者は使う。魔族は暴力を……。そして人間どもに知恵と労働力を出してもらう。それだけだ」

「そもそもメッツァーは我ら魔族によって滅び行く運命にあると言ったのは、貴様だぞ」

「死に体のメッツァーであれば、そうしただろう。だが、ヤツらには利用価値があるから意見を変えたまでのことだ。今、民を殺すのは得策ではない。そもそもその血になんの益がある。武器のない者をいたぶるなら、ここの領主のバルケーノやボッタッキオと一緒ということになるぞ」

「なっ――――」

ベガラスクもまた武人である。そしてまだ若い。その彼から見ても、バルケーノやボッタッキオの言動は、少々頭にくるところだった。故にこうしてベガラスクが無駄に激論をかわしているのも、無抵抗な人間を殺すことに、多少なりともためらいがあるからだ。

本当にその気なら、ボッタッキオの軍と一緒に襲いかかっていたはずである。

仮に、援軍として同盟領に来る前のベガラスクならそうしていたかもしれない。

エスカリナやルロイゼンの民、あるいはドワーフ。兵士とは違う力なきものと交流することによって、ベガラスクの中に一般的な魔族とは違う、別の見方が生まれようとしていた。

ようやくベガラスクは息を吐き、伸ばしていた爪をしまった。

「よかろう」

狼の顎が下を向くのを見て、メッツァーの民たちはほっと胸を撫で下ろした。

「だが、何か問題を起こせば……」

「言っただろ？　利用するのだと。それができないなら、捨てればいいだけだ」

ヴァロウは即物的に言葉を吐くと、メッツァーの民たちに振り返った。

「聞け、メッツァーの民たちよ。今の話を聞いていたな。俺たちはお前たちを支配するわけではない。君主に成り代わり、忠誠を誓えと命令することもしない。むろん、前領主のように虐げることもしない。ただし――我らに刃を向けるならば別だ。その時は容赦しない」

ヴァロウは持っていた刀を掲げてみせる。まだ人の血の匂いがこびり付いた刀を見て、メッツァーの民たちは背筋を震わせた。

「ただこの地に留まるというなら、我々は存分にお前たちを利用させてもらう」

――故に……！

「お前たちも、俺たちを利用しろ。目一杯手を挙げて、請え。助けてくれと、救えと願え。お前たちがそう望む限りは、我らはお前たちの声に応えてやる」

何もない焼け野原に微風が吹き、煤を舞い上がらせた。焦げくさい臭気が鼻腔を衝く。

ヴァロウの声は力強く、メッツァーの民の心に響き渡った。

誰となく焼け野原となったメッツァー城塞都市の地面に膝を突く。大人も子どもも、男も女も関係なく、脛(すね)を汚し、そして深々と煤に汚れた顔を地面に向けた。

「お願いです」

「どうか助けてください」

「ヴァロウ様、どうか」

「我らに希望を……」

請い願い、涙を流し、肩を震わせ、嗚咽(おえつ)を堪(こら)える。

メッツァーの民は自分たちが助けられることを諦めていた。助けを呼んでも、空しく響くだけだと思っていた。いつしか「助けて」という言葉すら忘れていた。だから彼らはただ搾取(さくしゅ)され、虐げられることを暗黙の中で認めてきた。

故に嬉しかったのである。

堂々と、「助けて」と言え、というヴァロウの言葉が……。

ヴァロウは自他共に認める軍師である。英雄の器ではないと本人も認めていた。

単なる虐殺者(ぎゃくさつしゃ)ならば、バルケーノと変わらない。それでも、バルケーノとヴァロウに違いがあるとするならば、今こうして見せている民の涙の質にあるのかもしれない。

彼は否定するかもしれないが、メッツァーの民たちにとって、ヴァロウはやはり『英雄』であり、そして君主でもあった。

「相変わらず素直じゃありませんね、師匠」


声に反応して、メトラ、ベガラスク、そしてヴァロウは振り返った。

三人が知っている声だったからだ。

薄く煙がたなびくメッツァーの中心地から現れたのは、一人の妙齢の女だった。

前髪を綺麗に切りそろえ、長い黒髪を風に揺らしている。

「あなたは……。ルミルラ!!」

メトラは素っ頓狂な声を上げた。

ヴァルファルの領主ルミルラ。ヴァロウの元弟子である。

すると、その彼女はやや意地悪な笑みを浮かべた。

「メトラ様、初対面のはずですが……」

「え？　そ、それはその……。報告で人相を………じゃない！　あなた、何故生きているの？　それとも今の今まで監禁されていたのですか？」

「いや、殺されましたよ。それはもう盛大に……。自分の父親にね。お腹の傷を見ます？」

ルミルラは村人のような質素な上着を脱ごうとする。

下乳が見えそうになった瞬間、慌ててメトラが隠し、周りの魔族に聞こえないように声を潜めた。

「あ、あなたね。人前で何をしているのですか……。そういうおてんばな所はちっとも……」

「あはははは……。やはり、あなたはメトラ様なのですね」

「うっ……」

ルミルラがからかうと、メトラはうっと口を噤み、黙るしかなかった。

そのルミルラの変化にいち早く気付いたのは、ベガラスクである。

すんと、魔族一と言われる鼻を利かせた。

「女……。お前、いつの間に魔族になったのだ」

「ま、魔族!?」

メトラは驚き、マジマジとルミルラを見つめる。

特に変わった様子はないが、ただ一つ目の色だけが変わっていた。髪の色と同じ黒色から、薄い紫色になり、妖しい光を放っている。

当のルミルラも訳がわからないらしく、肩を竦めてヴァロウに目で助けを求めた。

「【魔魂の石】を使ったのだ」

「な!! 【魔魂の石】だと!?」

【魔魂の石】とは人間を堕落させる時に使う宝具だ。

端的に説明するならば、人間を魔族にする貴重な魔導具である。石そのものが、魔族の心臓とも呼ぶべき〝核〟であり、人間の心臓が止まった瞬間から起動するようになっていた。

「ヴァロウ、貴様！　いつの間にそんな宝具を！　まさか勝手に宝物庫から持ち出したのではないだろうな！」

「そんな掟破りはしない。魔王様から賜ったのだ。ルロイゼンを落とした褒賞としてな」

「な！　お前の望みは、援軍だったのではないのか⁉」

「ああ。だが、それでは釣り合いが取れないと、魔王様がこの宝具をくださったのだ」

「なにいぃぃいいい⁉」

ベガラスクはショックを受ける。

彼の褒賞は宝具一つだけだが、まだ決まってもいない。なのに、ヴァロウは望みの援軍を手に入れ、さらには宝具を賜ったと言う。さすがに嫉妬を禁じ得ず、ベガラスクは項垂れた。

「しょげるな、ベガラスク。【魔魂の石】は一回限りだ。これで俺が所持する宝具はなくなった」

「た、確かに……！　ふふん。ならば、宝具を所持するオレの方が偉いな」

「差し出がましいようですが、ベガラスク様はまだ下賜される宝具が決まっていないのですよね」

メトラは少々余計なことを言う。ベガラスクは尻尾をだらりと垂らし、またしょげてしまった。

そんな光景をよそに、ヴァロウは気を取り直してルミルラに尋ねる。

「お前、今までどこにいた？」

ルミルラはここに至る紆余曲折を話す。

バルケーノに刺されたルミルラは、確かに死んだ。

しばらく仮死状態になった後、ようやく宮殿地下にある霊安所にて眠りから覚めたのだが、気が付いた時にはメッツァーが火の海になっていたというわけである。

「私の忠告を聞いておけば、こんな惨事にならなかったでしょうに」

「お前が最初から説明していれば良かっただけだ」

「そもそも師匠は、地下の竜の存在を知っていたのではありませんか？」

ルミルラはヴァロウに向かって顔を突き出し、そっと声を潜めた。

「相変わらず恐ろしいまでに合理主義ですね、師匠は。このメッツァーの混乱も、あなたが英雄として現れるための舞台装置だったのではないですか？　メッツァーを腐らせた厄介な貴族たちも一掃できましたしね。すべてメッツァーを統治しやすくするためのあなたのシナリオだったわけだ」

まさしく変眸したルミルラの薄紫の瞳が妖しく光る。

その言葉を聞いて、ヴァロウはわずかに口角を上げた。

ルミルラは呆れたように「はあ」とため息を吐く。

「その癖、民には利用しろとか言っておいて……。あれって、民への逃げ口上ですよね。もしここが人類に支配された時に、自分たちが利用されていただけなんだ、という理由を作ってあげただけなんでしょう。……まったく。時々、師匠の良心がどこにあるのかわからなくなりますよ」

ルミルラから言わせれば、ヴァロウは英雄でも略奪者でもない。

軍師だ。

利用できるものは利用し尽くし、それが命であっても躊躇はしない。

馬鹿が付くぐらい、彼は徹頭徹尾――軍師であり、策士なのだ。

「ご託はいい、ルミルラ。お前はどっちに付く気だ？」

「私をこんな身体にしておいて、それを聞きますか？　まあ、自業自得なのは認めますけどね。……わかりました。この際ですから、はっきりさせておくことにしましょう」

ルミルラはヴァロウのヘーゼル色の瞳を見ていった。

「もちろん、ついて行きますよ。たとえ、あなたが情け容赦のない魔族のヴァロウであろうとも……。十五年――待ったのですから」

そしてルミルラはヴァロウの前で膝を折り、忠誠を誓う。

長かった……。ようやく念願叶い、師匠と轡を揃えて戦うことができる。

それだけで胸が弾み、つい笑みが浮かんでしまった。

「待て、ヴァロウ」

待ったの声にルミルラは顔を上げる。彼女の加入に反対したのはベガラスクだった。

「その女を我が魔族の列に加えると言うのか」

「ああ。俺はそれでいいと思っている。こいつは魔族になったのだからな」

「だが、元は人間だぞ」

「それでも、こいつには利用価値がある。いずれわかる」

噛みつくベガラスクをヴァロウはあっさり退けた。

ベガラスクもそれ以上追及しない。どうやら舌戦でヴァロウに勝てないことは、先ほどの問答で悟ったようだ。

「どんな理由があろうとも、オレは認めんぞ。いずれ本国に帰った時に、お前の行いの数々を魔王様に報告させてもらう」

「構わん。お前は、そのためにいるのだろう？」

ベガラスクのようにヴァロウの行動を疑問視する魔族は、本国にはたくさんいる。そもそもヴァロウの敵は人類軍よりも、身内の中の方が多い。魔王の副官になりたい魔族は、ごまんといるのに、十五歳のまだ若い人鬼族（ワーオーガ）がその任に就（つ）いているのだ。いわば嫉妬（しっと）である。地位や名誉を欲しがる点は、魔族も人間も変わらなかった。

魔王がヴァロウの次に若いベガラスクを第四師団に決めたのは、勢いなどではなく、そうした勢力に配慮してのことであった。今、魔族を二つに分けてはいけない。魔王ゼラムスもまた、劣勢の魔族をまとめるのに必死なのだ。

ガキィ――――ン!!

突如、鉄を打ち付けるような音が響く。

何かと思い、皆の注意がそちらに向くと、城壁にザガスが立っていた。

ベガラスクとヴァロウの問答に加わらず、何をしているかと思えば、城壁の外を眺めている。

「どうした、ザガス！」

尋ねた直後、そのベガラスクの耳にも馬の蹄（ひづめ）の音が届く。

エスカリナが補給部隊を連れてきたのかと思ったが、規模が違う。

一万、いや二万以上はいるかもしれない。いずれにしろ大軍勢である。

急いでベガラスクは城壁を駆け上がり、壁外を望むと、やはり軍が迫ってきていた。

その旗印はリントリッド本国軍のものだ。

「まさか――――。先ほどのヤツらの本隊か！」

ベガラスクは息を呑み、横でザガスは顎をさすった。

「くかかか……。これは楽しそうな戦いになりそうだぜ」

ザガスは大層嬉々としていたが、あまりに劣勢だ。

こちらはすでに一五〇〇を切り、魔物を合わせても、精々二四〇〇といったところだろう。しかも
大きな二連戦を終えたばかりで、どの兵も疲弊している。

対して相手は二万の大軍勢。装備は万全で、士気も高い。

勝負は戦う前から決していた。

「それでもオレは、一匹でも人間の首を狩り、魔王様に捧げるだけだ」

ベガラスクは爪を伸ばす。

雄々しく吠えようとした時、熱くなる第四師団師団長に冷たい言葉が浴びせられた。

「落ち着け、ベガラスク」

少し遅れて、ヴァロウが城壁の上にのぼってくる。

大軍勢の中に人の姿を捜した。すると軍の中央より少し後ろ、輿に乗った男の姿を捉える。

大柄だが、武具を纏っておらず、まるで喪服のような服を着ていた。

遠目にも関わらず、男はヴァロウと目が合うと、軽く帽子を取って会釈する。顔を上げた時の男は、

口端を歪めて笑っていた。

ヴァロウは拳を握り込む。冷たい表情が珍しく熱くなっているように、側のメトラには見えた。

「この軍勢の前に落ち着いてなどいられるものか！」

ベガラスクの声にヴァロウはハッと我に返る。

「それとも、これもお前の手の平の上ということなのか？」

「……まあ、そんなところだ」

ヴァロウがそう返答した瞬間、無数の大きな影が地上を滑っていく。

その気配に気付き、ベガラスクは鼻頭を空に向けた。

「な！　飛竜か!!」

無数の飛竜が空を飛び、しかもその背には竜騎士が跨がっている。

その数はバルケーノの竜騎士部隊の数を遥かに超えていた。

優に三〇〇騎近くはいるだろう。空が黒くなるほどの飛竜が舞い、地上に無言の圧力を与えていた。

「ヴァロウ！　あっちからもだ」

ザガスが指を差す方向に、人間の軍勢があった。

その旗印は、同盟軍のものだが、中には別の紋章も混じっている。

ヴァルファル城塞都市のものだ。

南から迫る本国軍も、西側から迫ってきたヴァルファル軍に気付いた。

中央の黒服男が手を上げ、行軍を一旦停止させる。

一触即発のままメッツァーの南で、突如睨み合いが始まった。

「ルミルラ。早速、お前の仕事だぞ」

「わかっていますよ」

ヴァロウが言う前に、ルミルラは動いていた。

早速、城門から出て行く。

ヴァロウはザガスに命じて、唯一無事だった第一の城門を閉じさせた。さらに魔狼族(ワーグ)に裏に潜むように指示を送り、ザガスに角を隠すように命じる。

一方でルミルラは自分の領軍と合流した。領主の元気そうな姿を見て、喜び、咽び泣く者もいる。

「絶対あなた様は生きていると思っておりました」

秘書も膝を折り、領主の無事を泣いて喜ぶ。その肩にルミルラは手を置いた。

「あなたも、そして皆もよく耐えてくれました。ありがとう。――ですが、どうかもう一踏ん張りしていただきたい」

「もちろんです、ルミルラ様。我々はそのためにやってきたのですから」

ヴァルファル軍の兵士たちは笑った。

空で飛竜が嘶(いなな)き、竜騎士たちも槍を振って応える。

ルミルラはヴァルファル城塞都市を発(た)つ前に、秘書と軍に向けて置き手紙を残しておいた。

自分に何かあった時のための策である。一つはどのような脅しにあっても、ヴァルファル城塞都市は魔族との戦さに荷担してはいけないということ。今、戦っても利益がないことを説いた。二つめは戦いが決着し、本国軍が介入するようなことになれば、全軍をもって阻止すること。同盟が瓦解すれば、本国に対抗する勢力がなくなってしまうことを解説した。

ルミルラの部下たちは、その二つの策を忠実に実行する。

それはひとえに、バルケーノとはまた違った彼女の人徳がなせる技だったのだろう。結果ルミルラとヴァルファァル軍の再会は叶ったのである。

ヴァルファァル軍の数は約五〇〇〇。二万の兵に対しては、まだまだ少ないが、魔族軍とは違い、身体は充実し、領主が隊列に戻ったことにより士気も高い。

ルミルラの父が治めたメッツァー城塞都市を背にして軍を動かし、本国軍と向かい合う。その姿は精悍そのものであり、二万の兵を前にしても、全く恐れていない様子であった。

先だってルミルラは軍の先頭に現れる。

「私はヴァルファァル城塞都市領主ルミルラ・アノゥ・シュットガレン。メッツァー城塞都市の領主バルケーノの娘です。あなた方は本国の方だとお見受けしますが、どのような用向きで我が同盟領にやって来たのでしょうか？　ご回答いただきたい」

ルミルラが声を張り上げると、しばらくして人垣が割れ、例の黒服男が現れた。

その異様な姿に、ルミルラは眉を顰める。

「私の名前はダレマイル・ゼノ・チューザー。本国軍総司令官を務めております。どうぞお見知りおきを、閣下」

「チューザー……。まさか上級貴族の――――」

「如何にも……。ですが、ここでは爵位はお忘れください。軍の規定にもそうあるはずです」

ダレマイルは「ふぉふぉふぉ」と腹を叩きながら笑うが、ルミルラは付き合わなかった。

ただ背後に控えるヴァロウとメトラのことを考える。真相はルミルラも知らないが、メトラ王女の殺害とヴァロウの処刑に、上級貴族たちの手引きがあったという噂は、本国に住んでいた時に何度も聞いた。

「ではダレマイル猊下にお尋ねしたい。何故、本国軍が同盟に許可なく、今ここにいるのでしょうか？　少なくとも私が知るところにはないのですが……。それとも本国――あるいはあなたが、同盟と交わした規定をお忘れになったと言うのですか？」

「失礼いたしました。越権の無礼をお許しください、領主殿。私はこの近くで大規模な演習を行っていたところ、メッツァーに火の手あり、という知らせを受けました。バルケーノ殿と私は知己の間柄でして、これはお助けせねばと思い、馳せ参じた次第です」

「あなたと父が……」

ルミルラは目を細める。

「ご存じありませんか？　まあ、娘のあなたには言えないお付き合いというのもあるでしょう」

「……わかりました。助太刀感謝いたします。ですが、ここは同盟領です。同盟の中のことは、同盟内で処理する。今までも、そしてこれからも」

「ほう。さすがは『竜王』バルケーノのご息女様だ。怒った顔に、バルケーノ様の面影がある」

ダレマイルは歪んだ瞳を光らせ、ルミルラの肢体を舐めるように見つめた。

「村娘のような服を着ていても、あなたはお美しい」

「あ、ありがとうございます」

「しかし、大丈夫ですかな。あなたはまだ若い。同盟の状況は理解しているつもりです。ルロイゼンとシュインツは魔族に落とされ、ゴトーゼンとテーランは幽霊都市となった。そしてメッツァーもまたそれに加わろうとしている。違いますか？」

ダレマイルの瞳が再び妖しく光り、その大きな歯を小さく剥き出す。

どうやらバルケーノが魔族に討たれたことと、すでにメッツァー城塞都市が魔族によって占拠されたことを知っているような口振りだった。少なくともメッツァーの都市機能が、完全に停止していることは確認しているらしい。

やがてダレマイルは駄目押す。

「もはや同盟はヴァルファル城塞都市のみ。果たして、あなたが治めるヴァルファルだけで、魔族を追い払い、同盟領を維持することは可能なのでしょうか？」

「回りくどいですね。はっきり仰ったらどうですか？」

「ふふ……。では――本国の支援を受け入れなさい。悪いようにはいたしません。――ん？」

ダレマイルは突如顔を上げ、城壁の方を見つめた。すんすんと鼻を利かせる。

「何やら悪魔の臭いがしますぞ」

「さあ、私にはなんのことかわかりかねますが……」

「なるほど。わかりました。今の私の忠告は忘れてください」

「よろしいのですか？」

「よろしくはありませんが、まあ、良いでしょう。ここは退きます」

ダレマイルは拍子抜けするぐらいすんなりと、全軍に撤退を命じる。

全軍が東を向き、本国方向へと去って行った。

ダレマイルの輿もまた、動き出すと、パタパタと手を振って、言葉を残す。

「ああ……。そうそう……。ルミルラ閣下」

「なんでしょうか？」

「我が軍の一部が同盟領に入って、戻ってきません。何か心当たりはございませんか？」

「さて、私にはさっぱり……。ですが、もし我が領内に無断に本国軍が入り、都市に対して略奪行為をしたとすれば……」

「すれば……？」

「本国は同盟に対し、翻意ありと見るべきかもしれませんね」

「なるほど……。よくわかりました。またお目にかかりたいものですな、ルミルラ閣下。できれば戦場ではなく、輝かしき社交界の場でも」

「私はあまりそういう場は好みません。竜と戯れている方が似合う田舎娘です」

「ふぉふぉふぉ……。ならば、私の寝具の上ならいかがですか？」

「……………」

「失礼。これは失言でした。気に障（さわ）ったのなら、謝ります」

「謝罪を受け入れましょう。しかし、一つ覚えておきなさい」

上級貴族だからと言って、許されぬこともあるのですよ。

ルミルラの鋭い眼光を、ダレマイルは涼やかに受け止めるのみだった。

本国軍は大人しく去って行く。

一度も戦端を開くことなく、本国への帰途につくのだった。

✠

本国へ帰る途上、ずっと黙っていたダレマイルの補佐官チェッカーが口を開いた。

「よろしかったのですか、ダレマイル猊下」

「いやに引き際が早かった……と言いたいのですね、チェッカー」

「恐れながら」

「ふむ。理由はいくつかあります」

一つはヴァルファルの動きが予想よりも速かったことだ。

あのタイミングでヴァルファルの軍が出てくるとは、ダレマイルも予想していなかった。

相手は高々五〇〇〇だが、中には竜騎士部隊も含まれている。

同盟との対決を予測し、対策は整えてはいたが、真っ正面からぶつかれば、こちらの損害も少なくはないと、ダレマイルは試算した。

二つめはメッツァーの中にいた戦力が不明という点である。

数は少ないだろう。精々二〇〇といった所だ。だが、バルケーノが飼っていた巨竜の姿がない。

つまり、その竜を討伐できるほどの戦力が、城門裏に潜んでいるということになる。

その予測が正しければ、たとえ二万の兵で押し通っても、全体の三分の一の兵が削られることになるだろう。さらには籠城戦も考えられる。本国から遠く、兵站も伸びた状態で攻城戦は少しキツい。

「それに、幾ばくか嫌な予感もしました」

ダレマイルは珍しく顔を曇らせた。

丸く赤黒い瞳に焼き付いていたのは、城壁の上に立っていた青年だ。

おそらくは人鬼族だろう。あの油断のない表情。かなりの場数を踏んできた軍師であることは間違いあるまい。それに何故か一瞬、あの顔を見て、ある軍師を思い出してしまった。

「あのヘーゼル色の瞳……。美しかったですねぇ」

ゾクゾクと背筋を動かす。ダレマイルの顔は射精後のように恍惚としていた。

チェッカーがその顔を見た瞬間、反射的に目を背ける。首筋に手をかけると、汗が滲んでいた。

襟元を少し開けながら、輿の上のダレマイルをそっとのぞき見る。

まるで巨大な大蛇が輿に乗っているようであった。

Epilogue

Vallow of Rebellion

Jyokyukizoku ni Bousatsu Sareta Gunshi ha Maou no Fukukan ni Tensei shi, Fukushu wo Chikau

ひとまず危機は去った。

ヴァロウの予測では、しばらく本国軍は攻めてこない。

そもそも彼らが本国と同盟領の境界線にいたのは、同盟軍が魔族に討たれた場合の保険という意味合いだった。そしてどさくさに紛れてメッツァーを占拠し、独立を企む同盟を瓦解させようと考えていたが、その思惑はヴァルファルの領主ルミルラに阻まれ、完全に空振りに終わってしまった。

本国でも反戦の声が日増しに多くなっていることを、ヴァロウはペイベロから聞いて知っている。大義名分がなければ、リントリッド本国も軍を動かしにくい状況なのだ。同盟側としてもあの場で戦う訳にはいかなかった。もし、あそこで魔族軍と協力し、一戦交えることになれば、本国軍の介入を許すことになってしまう。仮に二万の兵を打ち破っても、所詮局地的な勝利でしかなく、その後の本格侵攻を手助けしてしまうことになっただろう。

しかし、ゆっくりしている時間はない。

ヴァルファルと魔族軍が手を組んだと知られるのも時間の問題である。

魔族と同盟領側が結託したと聞けば、反戦の声も止んでしまう。今度は、さらに大きな規模で同盟領に襲いかかってくるだろうと、ヴァロウは予測していた。

が、一服するぐらいの時間はできたことは事実である。

ヴァロウはこの間に亡くなった人間や、魔族たちを埋葬することに決めた。

参列したメッツァー城塞都市の民たちも、ボッタッキオの軍に勝利した時には大きな歓声を上げて喜んでいたが、一転して暗く沈み、俯いていた。あちこちで嗚咽が聞こえ、子供の泣き声が聞こえる。

それは人間だけではなく、魔族たちも同じだった。

特に魔狼族は集団意識が高く、魔族の中でも、取り分け仲間同士の結びつきが強い。それが理由かはわからないが、魔狼族は人間の遺体の埋葬を手伝っていた。仲間を失った者同士、シンパシィを感じたのか。遺体を運び、亡骸を葬るための穴まで掘って、人間の遺体を埋葬していく。蝋燭を立てて、死者を弔った。

「仲間の穴を掘るついでだ。あと人間の亡骸の腐臭が鼻に衝くからな」

発案した張本人であるベガラスクは、そっぽを向きながら吐き捨てた。

人間まで弔うなど珍しいことだ。何かしら心情の変化があったことは確かだろう。

死者を弔うことによって、魔族と人間の距離が縮んでいく。

それはヴァロウすら予測できなかった――いがみ合う異種族の意外な交流だった。

そして翌朝、その明るい声は朝日とともに現れる。

「みんなー！　おまたせー！」

エスカリナを先頭にしてルロイゼンからの補給部隊が、メッツァー城塞都市に到着したのだ。

馬車の中には大量の食糧が積まれている。中身は海水ごと魔法で凍らせた大量の魚だった。

内陸のメッツァーでは感じることのできない磯の匂いに、メッツァーの民は驚く。たちまち補給部隊に人々が群がった。

「ルロイゼン城塞都市から来ました補給部隊です。わたしの名前はエスカリナ。ルロイゼン城塞都市の領主代行よ。よろしくー！」

いつになくエスカリナの声は高く、わざとらしくも感じるが、逆にそれが良かった。

暗いメッツァーの雰囲気に新風が流れ込み、やや元気すぎるエスカリナのテンションに戸惑いながらも、民の顔が少しずつ和らいでいく。

ヴァロウやバルケーノ、ルミルラにはできない芸当だ。

エスカリナの天真爛漫さと、人との距離を縮める力は一種の才能だった。

戦場を経験し、同胞による略奪を経験した民たちとの距離を一瞬にして縮め、寄り添っていく。

おかげで何故エスカリナが補給部隊にまた帯同しているのか、咎める機会すらなくなってしまった。

「よし！」

補給部隊の設営が終わり、エスカリナは腕をまくる。得意の焼き魚や煮魚を振る舞い始めた。

焦げ臭かったメッツァーの街に、たちまちおいしい匂いが立ちこめる。あちこちで腹の音が鳴り始めると、そこでようやく民たちは自分たちが空腹であることを思い出した。

あまりの悲しみと絶望に、お腹いっぱいでそれどころではなかったのだ。

焼き魚の匂い、煮魚にかかった醤油の香ばしい香りが、彼らのお腹を強く刺激する。

「まだか、娘！」

「腹減った！　早く食わせろ！」

早速やってきたのは、ベガラスクとザガスだ。

即席の厨房に立つエスカリナを睨み付ける。

大人の男でも震え上がりそうな殺気の前で、エスカリナは勇敢だった。

「ちょっと待って！　あなたたちは後よ。先にメッツァーの人たちにあげるの」

「な！　なんだと！」

「人間よりも、オレ様たちが後で食うのか⁉」

「その代わり、またレシピを覚えてきたわよ。新しい魚料理に、あなたたち興味がない？」

「新しい……」

「……魚料理だと」

ベガラスクが尻尾を軽やかに振れば、ザガスも腕を組む。

紅蓮の瞳を光らせ、ベガラスクは口を開いた。

「それはう、美味いのだろうな？」

「当たり前よ！　わたしが作るのよ」

「チッ！　しゃーねー」

魔族たちは踵を返し、広場にどっかりと腰を下ろす。

一方でエスカリナの魚料理は、メッツァーの民にも好評だった。

メッツァーは内陸の都市である。魚料理が高級料理と言っても、ピンとこないものが多く、食べ方すらわからないものがほとんどだった。

まだそれはいいのだが、エスカリナにとって心配の種は、魚が肉と比べて淡白であることだ。だが、その心配は杞憂に終わる。老若男女問わず、皆が「おいしい」と舌鼓を打っていた。

空腹というのも多分にあるだろうが、それでも「おいしい」と言ってもらえて、エスカリナは逆に涙を浮かべる。

もしルロイゼン城塞都市がメッツァー城塞都市のようになったら……。

そう思うだけで、領主代行エスカリナの胸は締め付けられた。

「エスカリナ様……」

話しかけてきたのは、補給部隊に帯同してくれたルロイゼンの料理人である。

彼らがいなければ、一万人近くの人間に魚料理を振る舞うことはできなかっただろう。

「ご指示通り、骨と頭を抜いておきましたが、これをいかがなさるのですか？」

いつもなら丸ごと焼いたり、煮立てたりしているのだが、今日はエスカリナの指示で、頭と骨を抜いておいた。理由は前回シュインツ城塞都市で煮魚を振る舞った時、不慣れなドワーフたちが魚の骨を喉に引っかけるということが続出したからである。

その反省を生かし、今回は骨と頭を抜いたのだが、実はエスカリナには別の狙いがあった。

「ありがとう。これでまた新たな魚料理が作れそうだわ」

エスカリナはルロイゼンから持ってきた古いレシピ本を開き、調理を始めた。

まず魚の頭や骨に塩をかけ、しばらく放置する。その後にお湯をかけると、骨に残った身が、魔法のように白くなっていった。その様を見ていた子どもが、キャッキャッと歓声を上げて喜ぶ。子どもからすれば、まるでエスカリナは魔法使いにでも見えるのだろう。

「これが新しい料理なのかぁ？」

ザガスが伸ばした手を、エスカリナはペシリとはたいて、迎撃する。

「何すんだよ、娘！」

「まだできてないの。これは生臭さを取るためよ。あと、あっちで待ってなさい。後で持っていってあげるから。子どもたちが怖がってるわよ」

エスカリナは横を見ると、顔を青白くした子どもたちが、大きなザガスを見上げていた。

「チッ！」

また舌打ちして、ザガスは去っていく。

「お姉ちゃん、怖くないの？」

「大丈夫。見た目はああだけど、意外と可愛いところがあるのよ、魔族って」

「魔族が」

「可愛いの？」

「そう。食べてるところとか見物よ。まるで赤ちゃんみたいなんだから」

「「「へぇ～」」」

子どもたちは去っていくザガスの背中を見つめる。

一方、エスカリナはレシピを確認しながら慎重に料理を続けた。

しばらくしてから魚の頭と骨をお湯から取りだす。水と少量の酒で満たした鍋の中に入れ、さらに根野菜や芋などの野菜、アルパヤが好きなショウガも投入する。

そして、エスカリナが満を持して取りだしたのは、茶色いペースト状のものだった。

「お、おい！　娘！　おおおおお前、我らに人間の排泄物を食わせるつもりか！」

遠目から見ていたベガラスクが近づいてきて、動揺する。戦場で敵を前にしても動じない第四師団の師団長がその尻尾をピンと逆立たせ、あわあわと揺らしていた。

ベガラスクの言葉に、エスカリナは顔を赤くした。

「そそそそんなわけないでしょ!! 変なこと言わないで! わたしまで食べにくくなるじゃない」

「で、ではそれはなんなんだ! どう見ても、う――――」

「ダメ! それ以上言わないで! これはね、味噌って言うの!」

「……みそ?」

「魔族のおじさん、味噌を知らないんだ」

「知らないんだ」

「おいしいのに……」

「「ねぇ～」」

味噌は内陸部ではよく使われる調味料である。豆を発酵させたもので、独特の風味と甘みを持ち、栄養価が高く、平民から貴族まで幅広く慣れ親しまれている。

エスカリナはお湯の中に味噌を投入すると、ふわりと味噌の香りと磯の香りが同時に上ってきた。

「すごーい」

「変わった匂いだねぇ」

「あたし、はじめてぇ」

「これが海の匂いよ」

エスカリナが説明すると、子どもたちは「海ぃ！」と甲高い声を上げる。お話の中でしか海を知らない内陸の子どもたちは、目を輝かせて喜んだ。

少し煮立てて、エスカリナはようやく鍋を上げる。

「魚のあら汁のできあがりよ」

エスカリナは得意満面の表情を浮かべる。

器に盛られた色とりどりの野菜たち。神秘的に光る茶色のスープ。

そして湯気とともに上ってくる風味豊かな香り。

ゴクリと大人たちが唾を飲めば、子どもたちも目を輝かせる。

その横でベガラスクも、器を彩る具材とその匂いに下顎を開けて固まっていた。

人間も、魔族も関係なく、等しく器の前で見たこともない食べ物を見て驚いている。

「どうぞ召し上がれ」

そっとエスカリナは手を差し出すのだが、宝石箱のような料理に子どもたちは戸惑うばかりだ。

味噌汁の中から、未知の香りが漂ってくる。それが海の匂いだと聞いて、子どもたちは感心した様子だった。

器を握ったまま戸惑っている者もいる。ベガラスクだ。

人間たち同様に、何か恐れているようにも見える。ベガラスクにとっても、魚のあら汁は未知の料理である。しかも、味噌を知らないベガラスクにとって、勇気のいる料理だった。

それでも、魔王の副官としての矜持か、それともおいしそうな香りに耐えきれなかったのか。

器を持ち上げ、まだ握りに不慣れな箸を構える。口を先端に近づけ、器用に汁を流し込みはじめた。

ずずっ……と思いの外、慎ましく、どこか風雅な音を鳴らす。

「うまい!!」

ベガラスクの紅蓮の瞳がカッと開く。戦場の中ですら出さないような大声を上げると、メッツァー城塞都市の城壁と空気が震えた。

焼き魚のガツンと来るシンプルな味とも、煮魚の技巧が凝らされた味とも違う。

甘み、風味、塩気、そして旨み……。多様な味がベガラスクの口の中で混じり、広がっていく。

味噌の味はベガラスクの予想を超えて独特ではあったが、一瞬にして気に入ってしまった。この風味と旨みは、ただ獣を食べているだけでは味わえない。優しく、攻撃的ではなく、ふわっとその残り香だけを置いて消えていく。そこに魚のあらで取った出汁の旨みと磯の風味が、絶妙なアクセントとなって、疲れた身体に浸透していった。

出汁と味噌との相性は最高で、深い味わいとコクを提供し、味に層を作っている。

幾重にも重なった味の多層構造は、堅牢にして鉄壁のドライゼル城を思わせた。

「むっ!」

気が付けば、汁がなくなっていた。あとは野菜が瓦礫のように残っているだけである。

「もう! 汁だけじゃなくて、お野菜も食べるのよ。お残しは許しません!」

エスカリナに叱られるが、心優しい娘は汁だけをもう一度注ぎ足してくれた。

折角なのでと、ベガラスクは野菜を摘む。

「ぬほぉおぉ!!」

思わず変な声が出てしまった。身体ごと反応し、毛と尻尾がピンと逆立つ。

食べたのは大根だ。少し芯が残っているが、シャキッとした食感がまた良い。さらに感心するべきは大根に染みこんだ味だろう。ふわりと磯の風味とともに、絶妙な塩気が口の中になだれ込んできた。

魚の出汁と味噌がよく大根に染みており、ここでも味の多重構造でベガラスクを魅了してくる。

他の野菜も同様だ。不思議なのは、これだけ色々な味を浴びても、決して素材の味が失われていないということだろう。

「どう？　おいしい、ベガラスク？」

エスカリナが上目遣いで尋ねる。ちょっと緊張した顔は審判の時を待っていた。

ベガラスクはふと考えた。

最大の謎は、この魚のあら汁ではない。こんな不思議な食べ物を、どうして弱っちい人間が作れるかである。魔族は強い。魔法技術においても、人間の上を行っている。しかし、千年かけたとしても魔族がこの料理を作れるとは思えない。

『利用しろ……』

ふとヴァロウの言葉が、ベガラスクの脳裏をよぎる。

負けん気の強いベガラスクにとって、人間の料理にここまでうち負かされるのは、とても癪に障ることだ。だがこれも一つの力だと捉え、利用するならば決して自分が弱いということにはならない。

ベガラスクはそう解釈した。

「魔族のおっさん、うまいか？」

「うまいか？」

恐れを知らない子どもたちがベガラスクの周りに群がってくる。

あら汁の入った器を両手で抱えていた。すでに口をつけたらしく、唇には味噌の滓がついている。

「あ！　ちょっ！　こら！」

エスカリナが慌てる。さすがに子どもとベガラスクを接触させるのはまずい。逆鱗に触れれば、たちまち首の骨を折られてしまうだろう。厨房から出て、エスカリナはベガラスクを諫めようとするが、
魔王の副官は思いがけない言葉を放った。

「ふん。まあまあだな……」

器をテーブルに置き、人と同じように手を合わせた。

その所作だけでも驚くのに、最後には子どもの頭をポンと叩いて去って行く。

その時のベガラスクの顔は、少しだけ優しげで、こう言ってはなんだが男前に見えた。

「……ふふん。わたしの目に狂いはなかったようね。そうよ。人間もそう。悪い人間がいれば、良い人間もいる。そして、魔族にだって良い魔族がいる。そういうことでしょ、ヴァロウ」

そうエスカリナは、メッツァーのどこかにいる指揮官に話しかけるのだった。

「こんなところにいたのか」

石を置いただけの粗末な墓の前で、ルミルラは手を合わせていた。

振り返ると、師匠――ヴァロウが立っていた。激戦の後にもかかわらず、その表情には一片の疲労も見えず、特徴的なヘーゼルの瞳はいつも通り鋭かった。

「誰の墓だ?」

「自分が育てた竜の墓です。骸はありませんけどね。父が焼却したのでしょう。だから、せめて墓を建てて弔ってやろうと……。スライヤには悪いことをしてしまいました」

ルミルラは俯く。悲しげな弟子の頭をヴァロウは軽く撫でた。珍しく励ましてくれているらしい。

そのヴァロウもまた手を合わせて、ルミルラの愛竜スライヤを弔った。

「バルケーノの首級は、俺が預かっている。後で埋葬してやれ」

「良いのですか? 主要な敵将の首級は、魔王様に検分してもらうことになっているのでは?」

「それは人類社会の話だ。お前は魔族になったのだぞ。早く慣れろ」

「そうでした。とはいえ、師匠だってまだまだ人間臭いところが取れてませんよ」

ルミルラは師匠をからかう。だが、すぐ真面目な顔になって、ヴァロウに質問した。

「父はどんな最期を遂げましたか?」

「バルケーノは最期まで『竜王』バルケーノであろうとした」

「そうですか……」

ルミルラはそれ以上、父の最期を知ろうとは思わなかった。その人生がどうあれ、バルケーノはバルケーノであることを全うした。それだけを聞ければ、十分だったからだ。

ただ静かにルミルラは父に黙祷を捧げる。涙が出てくるかと思ったが、そうではなかった。

それは魔族になったことによるものなのか。それとも薄情な師の影響なのかはわからない。さらに言えば、『竜王』バルケーノという偉大な父から解き放たれたという感覚もあまりなかった。

思いの外、自分の中に占めるバルケーノは、小さなものであったらしい。

子供の頃、あれほど大きく見えたはずなのに、今は師が示してくれた気遣いの方がよっぽどルミルラの胸に響いた。

「どうした？」

「いえ。少し感傷に浸って、その傷の浅さに驚いていたところです」

ルミルラは自嘲気味に笑う。すると、急に香ってきた匂いに反応した。

「いい匂いですね。なんですか、これは？」

「魚のあら汁から取った味噌汁だそうだ」

「味噌汁！　私の大好物ですよ」

ルミルラはヴァロウとともに、領民たちが待つ野営地に戻る。

そこではメッツァーの民、魔族、魔獣が等しく魚のあら汁を啜っていた。

特に印象的なのが、メッツァーの民たちだ。あれほどの破壊と死を目にし、極限の緊張感の中で心身共に削られ、二度と立てないぐらい疲弊していたはずである。だが、ボロボロになるまで荒んだ心が、一杯の器によって温められ、忘れていた笑顔とともに蘇っていく。

人間が作った料理が種族の垣根を越え、どんな名演説よりも傷付いた者たちを奮い立たせていた。

「師匠の目的は、この光景を世界に作ることなのですね」

ルミルラはヴァロウの側に立つ。

自信満々の回答ではあったのだが、ヴァロウの評価は辛かった。

「違うな。俺の目的は、武力均衡だ。魔族と人類を分け、均衡状態を作り、戦争を止める」

「天下を二分するのですね。しかし、その後のことは……」

「その後のことは、お前とエスカリナに任せる。俺がやれることは、戦うことぐらいだからな」

「随分、無責任ですねぇ。…………でも、見たくなります」

魔族と人類の融和――。それが生み出す永久(とわ)の楽園……。戦争なき世界……。

それはルミルラが十五年前、ヴァロウの口から聞いた理想の姿であった。

「ああ……。この世界はこんなにも美しい」

その時、ルミルラの目にようやく涙が浮かんでいた。

✣

メッツァー城塞都市に夜の帳(とばり)が落ちる。

昼間の喧騒(けんそう)が嘘のように静かな夜であった。

城壁塔の中で仕事していたヴァロウは、蝋燭(ろうそく)の明かりを頼りに仕事をしていた。屋根があるだけの急造の書斎だが、なかなかに快適だ。窓がない石壁で囲まれた空間は、程良く涼しかった。

その城壁塔の中に机を持ち込み、ヴァロウは書類を精査していた。書類は壊れた宮殿から持ち出したものだ。破壊される前のメッツァー城塞都市の状況が書かれていた。

ヴァロウはふと顔を上げる。椅子から立ち上がり、城壁塔の狭間から外を窺った。補給部隊の持ってきた天幕が、焼け野原のメッツァー城塞都市にいくつも設営されている。

さすがに一〇〇〇〇人のメッツァーの領民をすべて収容することはできず、若い男たちは野宿しているが、温かな篝火と屋根の下で眠れたことは大きいらしい。昨日はあちこちで咽び泣く声が聞こえたが、今日はあまり聞こえず、久方ぶりに静かな夜を迎えていた。

ヴァロウは一人ほっと息を吐く。

時に非情になり、過激な発言も飛び出す軍師だが、家族や家、生活する基盤を失った民たちに対して、気を揉んでいた。戦乱の中にあって精神のケアは重要だ。ひとたび均衡を崩せば、狂人化し、人が人でなくなってしまう。

「今日は満月か……」

地上に向けていた視線を徐々に上げたヴァロウは、夜の闇にぽっかりと穴が開いたように浮かぶ月を望んだ。青白い光が力強く大地を照らし、傷心の民を励まし続けている。

ゴトッ……。

不意に物音がして振り返ると、メトラが壁に手を突いて立っていた。

「メトラか、まだ休んでいなかったのか」

見張りを除いて、全軍には休養を通達している。

激戦続きだったのだ。少しでも身体を休めてもらうことが先決だった。

「まあ、いい。……ちょうど良かった。紅茶を入れてくれないか。あと、お前に頼みたいことがあって――」

「はあ……。はあ……。はあ……」

メトラは返事をせず、代わりに聞こえてきたのは、荒い息だった。

「どうした、メトラ？」

机の上の燭台を掲げ、メトラを照らす。

寝間着をぐっしょりと汗で濡らし、メトラが何か請い願うようにヴァロウを見つめていた。

「……ヴァロウ、さま」

頬を紅潮させ、ギュッと閉じた股に己の手を這わせている。

切なそうなメトラの瞳を見て、ヴァロウはすべてを察した。

今一度、狭間から空を見上げ、改めて満月を確認する。

「しまった！」

「ヴァ……ろ、ぅ……」

とうとうメトラは崩れ落ちると、突如背中が震える。

バッと一翼の翼が飛び出すと、黒い羽根が書斎に舞い落ちた。

「わかった、メトラ。すまないが、もう少し我慢してくれ」

ヴァロウは机の上にあった書類や小物をすべて手で払いのけた。

一旦書斎から出ると、たくさんの毛布を抱えて戻ってくる。

それを机の上に引き、急造のベッドをこしらえた。

「メトラの綺麗な身体を汚すことになるからな。王宮のベッドと比べると硬いかもしれないが……」

メトラは慌てて首を振る。

「い……いえ。お気遣いありがとうございます」

「さあ……」

ヴァロウはメトラの手を取り、エスコートしようとした。

だが、ヴァロウの手に触れた瞬間、メトラは逆に手を引く。自分の方に抱き寄せ、一気にヴァロウの唇を奪った。それだけに終わらない。舌を差し入れ、求めてくる。ヴァロウもただ受け止めるだけではない。メトラの申し出に戸惑うことなく優しく受け止め、舌先を絡める。官能的な感触に、熱く、意識がぼやけていった。

理性が完全に切れる寸前、はたとメトラは動きを止める。

「す、すみません、ヴァロウ様」

「よい」

いつも無表情なヴァロウが、一瞬笑みを見せる。優しい笑顔に、メトラは救われた。

こわばった身体を弛緩させると、ヴァロウに身を委ねる。即席のベッドに美しい肢体を慎重に寝かせた。少し落ち着かせるようにヴァロウは、メトラの銀髪を撫でる。しかし、それでも満足できないメトラは、顔を上気させヴァロウに求めた。

一時も焦らすことなく、今度はヴァロウからメトラの唇を奪う。

今度はソフトに迫り、頭を撫でるようにメトラの唇を慰めた。

けれど、それでも我慢ができなかったのか、メトラは逆に攻め立てる。

一瞬遅れたヴァロウだったが、彼女のペースに付き合った。息が止まるほどの激しい唇の奪い合いが始まる。頭の中が陶然とし、舌を絡めるたびに多幸感が押し寄せてくる。一度唇を離して息を継いでも、メトラは腰を浮かしてヴァロウを求めた。ヴァロウもまた彼女を優しく押さえ、安心させていく。


そして、いつの間にか寝間着が冷たい石床に広がっていた。

メトラの美しい肢体が、狭間から差し込んだ月光に照らされる。一糸まとわぬ白い身体は、青白くぼうと光って見えた。細い首、程よく浮き上がった鎖骨、隠した手が埋まるぐらいの大きな乳房。腰は優美な曲線を描き、臀部はキュッと締まり、緩みがない。

どんな芸術家でも表現できない。自然な美と、愛する者の姿があった。

「あの……。そんなに……見ないで…………くださ、い、ヴァロウ様」

「どうしてだ？　……綺麗だぞ、メトラ」

「は、はうぅ……」

今さら手で身体を隠そうとするメトラに優しく微笑みかける。メトラはギュッと目を瞑った。

ヴァロウは城壁塔に結界を張る。これで入室は困難となり、中の様子は見られなくなる。さらに遮音の効果も付加されていた。

毛布を畳んで作った枕の上に、改めてメトラの頭をそっと載せる。

急造のベッドの上に彼女は仰向けになり、服を脱いだヴァロウが上になった。

その引き締まった肉体を見て、メトラは頬をさらに紅潮させていく。

「メトラ……」

「は、はい……。なんでしょうか、ヴァロウ様」

「愛している」

たったその一言を聞いただけで、メトラの目に涙が滲む。

それをヴァロウは優しく拭った。

「良いか」

「……はい」

ヴァロウはメトラをゆっくりと包んだ。

✣

「お疲れ様、ベガラスク」

月光に照らされたメッツァー城塞都市に、一際明るい声を聞き、城壁の上で見張り番をしていたベガラスクは振り返った。

紅蓮の瞳を光らせ威嚇したが、声の主にはまるで通じていないらしい。

警戒することなく、ベガラスクの横に立ったのは、エスカリナであった。

「師団長自ら見張り番なんて偉いわね」

「別に褒められるようなことはしていない。それに――」

ベガラスクは夜空を見る。視線の先にあるのは、見事な満月であった。

「綺麗ね」

エスカリナは目を細める。思えば、こうして満月をゆっくり眺めたのは久方ぶりのことだった。

しばらく二人して空を見上げていると、エスカリナは質問する。

「そう言えば、魔族って満月だと強くなるんだっけ？」

「すべてではないがな」

「そうか。ベガラスクがこうしているのも、満月の光を浴びるためなのね」

「そうだ。太陽は生命力を、月は魔力を与えるからな」

「じゃあ、日光浴ならぬ月光浴っていうわけ」

「そんなところだ」

ベガラスクは手を広げて、月の光を浴びる。どうやら見張りにやってきたというよりは、本当に月光浴を楽しむために、こうして歩哨に立っているようだ。

また人間らしいところを発見し、エスカリナは心のメモに記した。

「ところでメトラさんを知らない？　天幕にはいなかったんだけど……」

「メトラ？　さあ、知らん――――ああ、そうか。今日は、満月だからな」

「どういうこと？」

「魔族には魔族の事情があるのだ」

「ふーん。……ねぇ、ベガラスク」

「なんだ、人間。うるさいぞ」

ベガラスクは威嚇するが、またもや不発に終わる。エスカリナはあくまでマイペースな娘であった。

「ヴァロウとメトラさんって恋人同士なの？」

「オレがそんなことを知るはずがないだろ！　いいから、お前はあっちへ行け！　気が散る……」

しっしっと尻尾で追い払うと、エスカリナはたちまち口を尖らせた。

「むぅ……。いいじゃない。それぐらい話に付き合ってくれたって、ベガラスクのケチ!!」

エスカリナは城壁の下へと降りていくと、ベガラスクは頭を掻いた。

「なんなのだ、あの娘は……」

やれやれと首を振り、ベガラスクは月光浴を続けるのだった。

✣

城壁塔の狭間から、朝日が差し込んでいた。

肌寒い朝の空気に混じって、野鳥の囀り（さえず）が聞こえてくる。補給部隊による朝食の準備がすでに始まっているらしく、おいしそうな匂いが狭間の向こうから漂ってきた。

「落ち着いたか？」

ヴァロウはカップを差し出す。珈琲ではなく、むろん紅茶である。

白い湯気と共に、紅茶の香気が鼻を刺激すると、毛布を頭から被ったメトラは、差し出されたカップを手に取った。

ホッと一息を吐いた後、飲むとさらに癒やされていく。

ヴァロウの入れた紅茶は、寝具の上と同じく、優しく彼女を包んだ。

「ありがとうございます。ヴァロウ様。ようやく落ち着くことができました」

ヴァロウはメトラの隣に座る。

まだ自己嫌悪に陥っている恋人の細い肩をそっと抱いた。

「お前はそんな身体になってまで、俺を助けてくれた。いわば命の恩人だ。むしろ謝るのは俺の方だ」

「いえ！　そんなことは……」

上流貴族に謀殺された後、メトラは天使に転生することができたが、ヴァロウを生き返らせた咎めを受けて堕天——魔族となった。その際、彼女はサキュバスとしての性質を付与される。

サキュバスとは、男の精を搾り取る魔族の一種である。

普段は半分流れる天使の血によって、その衝動を抑えているのだが、満月になるとどうしても抑制が効かなくなってしまうため、時々こうしてヴァロウに抱いてもらっていた。

「いつもはなんとか抑えるのですが、昨日は……」

「連戦の後だったからな。疲れも溜まっていたのだろう。それに――」

「それに？」

「昨日のあら汁はうまかった」

「ぷっ……。なんですか、それは！」

　メトラは噴き出した。

　ヴァロウはメトラの笑った姿を見て、リントリッドの王女であった頃を思い出す。

「姫……」

「え――？」

「戦いに巻き込んで申し訳ありません」

「良いのです、ヴァロウ。私が望んだことなのですから。それにあなたの側に、何の気兼ねもなくいることができるのです。むしろ王宮にいる時よりも、私は幸せですよ」

「姫……」

　ヴァロウは薄く笑みを浮かべると、同時にメトラも微笑む。

　宮廷の中庭でこうして肩を寄せ合い、紅茶を楽しんでいた時を思い出した。

　再び二人はキスを交わす。優しく、互いを慈(いつく)しむように……。

「今日は随分と素直ですね、ヴァロウ様。……ところで、何か私にお話があったのではないですか？」

「ああ……。そうだったな、メトラ」

ヴァロウはベッドから立ち上がり、メトラもまた同様に立って寝間着を着用する。

ボタンを留めているメトラに、ヴァロウはしたためておいた手紙を差し出した。

「今すぐ、魔王城ドライゼルに向かってほしい」

「今すぐですか？」

「ああ……。お前の迅速な動きが、次の戦いの勝敗を決する。良いか？」

メトラはすぐに手紙を受け取らなかった。

今から魔王城に行くということは、ヴァロウから離れるということだ。

その間、彼に危険がない保証は全くない。もしかしたら自分を危険から遠ざけるためなのかと、邪推してみたが、軍師ヴァロウの心理を読み解くことはついぞできなかった。

片時も離れたくない。それがメトラの本音である。だが、ヴァロウが自分を指名し、こうして命令していることには、必ず何か深い意味があるはずだ。

もう自分は王女ではない。

ヴァロウの補佐役——サキュバスのメトラなのだから。

「かしこまりました。慎んでご命令を拝受させていただきます」

メトラはヴァロウから差し出された手紙を受け取るのだった。

《了》

✦あとがき✦

皆様、お久しぶりです。延野正行です。

『叛逆のヴァロウ～上級貴族に謀殺された軍師は魔王の副官に転生し、復讐を誓う～』の二巻を上梓することができました。物語の続きを書けるという喜びほど、幸いなことはありません。是非三、四巻と続けていきたいと思っておりますので、この二巻も応援いただけると嬉しいです。

そして！　なんと！　ついに!!

コミカライズの方の配信もスタートいたしました。発売日の前日に配信が始まっております。読んでいただけた方もいらっしゃるのではないでしょうか？　漫画家の大上誠人先生が描く大迫力の戦闘シーンと、紙面から漂うダークな雰囲気は、この作品に非常にマッチしております。まだ読んでいないという方は、是非ともコミカライズの方も一読下さい。

さて、今回の二巻のメインは大要塞同盟との対決です。まだまだ大軍というわけではないのですが、ヴァロウが本格的な兵を率いて、城塞を攻め、向かってくる敵軍を撃破するという、非常にオーソドックスな戦記物らしい展開を、たっぷりと余すことなく、描かせていただきました。

『叛逆のヴァロウ』を書くに当たって、一つ約束事として「奇を衒わない」ことを考えて書いています。この約束事はある意味、作家にとっては致命的であり、心血を注いで新しい戦記物を生み出そうとなさる他作家先生には大変申し訳なく思います。

ただ私自身が読みたいと思う戦記物を考えた時に、やはり大軍同士のガチンコバトルが読みたいと思ってしまったのです。軍師が声を嗄らし、将が血の汗を流し、指揮官が握った拳を開くことができないような……。そんなひりつくような戦記を書きたい、そして読みたいと考えています。

まだまだヴァロウも、作家である私も、その戦場を用意できていないのですが、続巻が続けば見えてくるような気はします。どうかこれからも応援いただけると嬉しいです。

そして謝辞を。

大変お忙しい中で、原稿のチェックと的確なアドバイスを与えてくれた担当様。この二巻にピッタリな黄昏れた雰囲気の表紙を、見事な彩りで描いてくれたイラストレーターの村カルキ先生。説明の多い作品を、シンプルにかつダイナミックに描いてくれた漫画家の大上誠人先生。続巻の刊行を決めてくれた編集部の皆様。初夏の空の下で書店を奔走いただいている営業の皆様。非常に恐ろしい状況の中でも、勇気を持って書籍を並べてくれている書店員の皆様。

この世界的に大変厳しい状況の中で、本書を手にとってくれた読者の方に、心より感謝いたします。本当にありがとうございます。

最後になりますが、この度のコロナ禍によってご不幸にあわれた方のご冥福をお祈りするとともに、今もなお戦い続けている医療従事者の皆様に、この場をお借りし感謝申し上げます。

数年後、誰かがこの作品のあとがきを読んだ時、「こういうこともあったな」と思えるような未来であることを願います。

2020年5月　自宅にて

叛逆のヴァロウ 2

～上級貴族に謀殺された軍師は魔王の副官に転生し、復讐を誓う～

発　行
2020年6月15日　初版第一刷発行

著　者
延野正行

発行人
長谷川　洋

発行・発売
株式会社一二三書房
〒101-0003　東京都千代田区一ツ橋2-4-3 光文恒産ビル
03-3265-1881

デザイン
.erika

印　刷
中央精版印刷株式会社

作品の感想、ファンレターをお待ちしております。

〒101-0003　東京都千代田区一ツ橋2-4-3 光文恒産ビル
株式会社一二三書房
延野正行 先生／村カルキ 先生

Printed in japan, ISBN 978-4-89199-638-3

※本書は小説投稿サイト「小説家になろう」（http://syosetu.com/）に
掲載された作品を加筆修正し書籍化したものです。